200 FÁBULAS DE ESOPO

Tradução de ANTÔNIO CARLOS VIANNA

www.lpm.com.br

L&PM POCKET

COLEÇÃO 96 PÁGINAS

Coleção **L&PM** POCKET, vol. 1097

Texto de acordo com a nova ortografia.
As histórias reunidas neste volume foram publicadas na Coleção **L&PM** POCKET no livro *Fábulas*, de Esopo (v. 68)
Esta edição na Coleção **L&PM** POCKET: agosto de 2017

Tradução: Antônio Carlos Vianna
Seleção: Julia da Rosa Simões
Capa: Ivan Pinheiro Machado
Revisão: L&PM Editores

CIP-Brasil. Catalogação na Fonte
Sindicato Nacional dos Editores de Livros, RJ

E73c

Esopo
200 fábulas de Esopo / Esopo; tradução de Antônio Carlos Vianna; [seleção das fábulas: Julia da Rosa Simões]. – Porto Alegre, RS: L&PM, 2017.
96 p. : 18 cm. (Coleção L&PM POCKET; v. 1097)

ISBN 978-85-254-3630-6

1. Fábula grega. I. Esopo. II. Vianna, Antônio Carlos. III. Título: 200 fábulas de Esopo. IV. Série.

13-1673. CDD: 889.3
CDU: 821.14'06-3

Rua Comendador Coruja, 314, loja 9 – Floresta – 90220-180
Porto Alegre – RS – Brasil / Fone: 51.3225.5777

PEDIDOS & DEPTO. COMERCIAL: vendas@lpm.com.br
FALE CONOSCO: info@lpm.com.br
www.lpm.com.br

Impresso na Gráfica e Editora Pallotti, Santa Maria, RS, Brasil
Inverno de 2017

Acho que deveríamos colocar Esopo entre os grandes sábios de que a Grécia se orgulha, ele que ensinava a verdadeira sabedoria, e que a ensinava com muito mais arte que os que usam regras e definições.

LA FONTAINE

A MOSCA

Uma mosca caiu numa panela de carne. Afogada no molho e já quase morrendo, ela disse para si mesma: "Se já comi, já bebi e já tomei um banho, que me importa morrer?"

Suportamos a morte com mais facilidade quando a ela não associamos pensamentos tristes.

A CAMELA

Uma camela atravessava um rio de águas turbulentas. Tendo defecado, as fezes levadas pelo redemoinho foram parar no seu focinho. Ela então exclamou:

– Como é que o que estava atrás veio parar na minha frente?

Em certas ocasiões, os sensatos são ultrapassados pelos piores imbecis.

O JARDINEIRO E O CÃO

Um jardineiro desceu ao fundo de um poço para tirar seu cão que caíra lá dentro. Pensando que seu dono descera para enterrá-lo ainda mais, o cão voltou-se contra ele e mordeu-o.

O jardineiro saiu do poço lamentando sua dor: "Bem empregado. Quem mandou eu querer tirar do aperto quem lá se meteu voluntariamente?"

A GATA E AFRODITE

Uma gata que se apaixonara por um fino rapaz pediu a Afrodite que a transformasse em mulher.

Comovida por tal paixão, a deusa transformou o animal numa bela jovem. O rapaz a viu, apaixonou-se por ela e a desposou. Para ver se a gata havia se transformado completamente em mulher, Afrodite colocou um camundongo no quarto nupcial. Esquecendo onde estava, a bela criatura foi logo saltando do leito e pôs-se a correr atrás do ratinho para comê-lo. Indignada, a deusa fê-la voltar ao que era.

O perverso pode mudar de aparência, mas não de hábitos.

A VELHA E O MÉDICO

Uma velha senhora doente dos olhos mandou chamar um médico. Ele foi atendê-la e, sempre que lhe aplicava um unguento, roubava alguma coisa da casa, já que ela estava de olhos fechados. Depois de tratá-la e de levar seus móveis, apresentou-lhe a conta. Como a velha não quis pagá-la, ele abriu-lhe um processo. No tribunal, ela declarou que tinha se comprometido com ele a pagar desde que ele a curasse; ora, no momento, ela estava vendo bem menos que antes da cura: "Antes", disse ela, "eu via todos os móveis de minha casa; agora não vejo mais nenhum".

A NOVILHA E O BOI

Pobre de ti!, disse uma novilha a um boi que estava trabalhando.

Nisso, houve uma festa. Desatrelam o boi. Pegam a novilha e a matam. E o boi sorrindo: "Está aí, minha cara novilha, por que estavas sem trabalhar: teu destino era o sacrifício".

A ociosidade é perigosa.

HERMES E O ESCULTOR

Hermes quis saber qual o grau de estima que os homens lhe devotavam. Tomou a aparência de um mortal e foi ao ateliê de um escultor. Ao ver uma estátua de Zeus, perguntou:

– Quanto custa?

– Um dracma – respondeu-lhe o homem.

Hermes sorriu:

– E aquela, de Hera?

– É mais cara.

Hermes viu então sua própria estátua. Achava que, sendo ao mesmo tempo mensageiro e deus do comércio, seu preço seria bem mais alto.

– E Hermes, quanto custa? – quis saber.

– Oh, se comprares as outras duas, a levas de brinde.

Quem se acha o tal termina valendo menos que o esperado.

OS BOIS E O EIXO

Um carro era arrastado pelos bois. Como o eixo rangia, eles se voltaram e disseram-lhe: "Nós puxamos o carro e vocês é que gemem?".

Para uns o sacrifício, para outros as queixas.

A RAPOSA E A GRALHA

Uma gralha faminta estava no alto de uma figueira; estava achando os frutos muito verdes e esperava que amadurecessem. Uma raposa, ao vê-la esperar pelo tempo, descobriu logo a razão e lhe disse: "Minha amiga, não adianta alimentar esperanças. Elas só nos enchem de ilusões".

OS VASOS

Um pote de barro e um de cobre boiavam num rio. O primeiro disse ao outro: "Fica longe de mim, porque se me tocares serei destruído".

Não há vizinhança mais perigosa para um pobre que a de um senhor voraz.

A GRALHA E OS CORVOS

Uma gralha de tamanho descomunal olhava seus semelhantes com desdém. Partiu então em busca dos corvos para morar com eles. Mas os corvos, que nunca a tinham visto, expulsaram-na sem piedade. Rejeitada por eles, a gralha voltou para os seus. Mas estes não lhe perdoavam o orgulho: não a aceitaram de volta. E ela não pôde viver nem com uns nem com outros.

Não troques tua terra por uma outra: nesta serás rejeitado por ser estrangeiro e naquela o teu desprezo será devolvido em ódio.

OS VIAJANTES E A URSA

Dois amigos iam por uma estrada. De repente surge uma ursa. Um deles logo sobe numa árvore para se esconder. O outro, vendo-se quase pego, deitou no chão e se fingiu de morto. A ursa passa o focinho sobre ele, fareja-o daqui, fareja-o dali, e ele de respiração presa. (Dizem que os ursos respeitam os mortos.) O animal se foi e o que estava na árvore desceu e perguntou ao amigo o que a ursa lhe havia dito no ouvido. "Para não viajar mais com amigos que nos deixam sozinhos no perigo", respondeu.

É nas vicissitudes que conhecemos os amigos.

A RAPOSA E O CROCODILO

Uma raposa e um crocodilo discutiam para ver qual dos dois era o mais nobre. O crocodilo se gabava dos feitos de seus ancestrais e concluiu dizendo que seus pais presidiam os jogos ginásticos. A raposa replicou: "Nem precisavas dizer, só de olhar tua pele já dá para ver tua longa prática esportiva".

Contra os mentirosos, os fatos falam por si sós.

OS VIAJANTES

Alguns homens iam por uma estrada para fechar um negócio. Eis que, no caminho, encontram um corvo caolho. Como não queriam passar pelo pássaro, um deles, pensando que estavam diante de um mau presságio, achou melhor não ir em frente. Um outro replicou:

– Como esse pássaro pode prever nosso futuro se não soube evitar a perda de seu próprio olho?

Não dá para ouvir os conselhos de quem não sabe cuidar de si mesmo.

A CORÇA E O LEÃO

Uma corça perseguida por caçadores chegou à entrada de uma gruta onde estava um leão. Ela entrou para se esconder. Quando estava morrendo sob as garras da fera, ela disse:

– Triste destino o meu: tentei fugir dos homens e terminei nas garras de um animal selvagem.

Às vezes o medo de um perigo pequeno termina nos levando a um perigo maior.

O CABRITO E O LOBO

Da casa em que se encontrava, um cabrito viu passar um lobo. Pôs-se a insultá-lo e a escarnecer-lhe. O lobo disse então:

– O insulto não vem de ti, mas do lugar onde estás.

Muitos deixariam de ser valentes diante dos fortes se não estivessem em lugar seguro.

O ASNO E O JARDINEIRO

Um asno a serviço de um jardineiro comia pouco e trabalhava muito. Ele pediu a Zeus que o libertasse de seu cativeiro fazendo-o trabalhar para um outro patrão. Zeus o ouviu e ele foi vendido a um oleiro.

Mas, de novo, o asno reclamou: carregava ao mesmo tempo terra e barro, de modo que seu fardo era maior ainda que antes. Pediu uma vez mais para mudar a situação e foi vendido ao dono de um curtume. E eis que ele caiu de novo nas mãos de um patrão pior que os anteriores. Ao ver o trabalho que tinha de fazer, o asno dizia gemendo:

– Pobre de mim! Por que não fiquei com meus primeiros donos! Este, pelo que estou vendo, terminará me tirando a pele!

Um novo chefe faz lembrar com saudade o antigo.

O HOMEM QUE PROMETIA O IMPOSSÍVEL

Um homem jazia, doente e perto da morte. Era pobre. Como os médicos lhe tinham tirado qualquer esperança de cura, ele prometeu aos deuses o sacrifício de cem bois e lhes dedicar um monumento se se restabelecesse. Sua mulher, que estava a seu lado, perguntou-lhe:

– E de onde tirarás o dinheiro?

Ele lhe disse:

– Você acha que vou me restabelecer para os deuses me cobrarem essas promessas?

É fácil fazer promessas quando sabemos que não vamos cumpri-las.

O LOBO E O CAVALO

Ao atravessar um campo, um lobo encontrou cevada. Mas, como não tinha o hábito de comê-la, foi embora. Um pouco mais adiante, encontrando um cavalo, disse-lhe:

– Venha aqui, encontrei cevada; não a comi, guardei-a para ti só para ter o prazer de ouvir o ruído de tua mastigação.

O cavalo respondeu:

– Meu caro, se os lobos comessem cevada, quando irias trocar o prazer de encher tua pança pelo de ouvir o ruído de meus dentes?

Não dá para crer na súbita bondade do homem mau.

O CÃO E A CONCHA

Um cão que tinha o hábito de comer ovos viu uma concha. Abriu a boca e, não sem esforço, a engoliu. Sentindo então a barriga pesada e doendo, disse: "Isto me ensinou a não achar que tudo o que é redondo é ovo".

Reflita antes de agir a fim de não se ferir com estranhos espinhos.

O LOBO E A GARÇA

Um lobo que engolira um osso corria pelo campo procurando quem o salvasse. Ao encontrar uma garça, disse:

– Por favor, tira-me esse osso da garganta e te recompensarei.

A garça enfiou a cabeça na goela do lobo e retirou o osso. Depois ela reclamou a recompensa prometida. O lobo então respondeu:

– Já não te basta ter tirado tua cabeça sã e salva da boca de um lobo?

O reconhecimento do homem mau se limita a não causar um novo mal a quem lhe fez o bem.

A MULHER E AS CRIADAS

Uma viúva que trabalhava arduamente tinha por hábito acordar suas jovens criadas com o canto do galo para a lida. Cansadas de tanto trabalhar sem trégua, as criadas resolveram matar o galo: achavam que a razão de toda sua desgraça era ele, que acordava a senhora antes de o dia nascer. Qual nada! Morto o galo, o destino delas piorou ainda mais: pois a senhora, sem o galo e, consequentemente, sem seu relógio, as convocava ainda mais cedo.

Muito frequentemente nossas desgraças são o fruto de nossas próprias resoluções.

OS PESCADORES

Os pescadores começaram a puxar a rede lançada ao mar. Ela estava pesada e, por isso, eles dançavam de alegria achando que tinham feito uma boa pescaria. Mas, quando a depositaram na areia, encontraram mais pedras que peixes. Foi aquela decepção: não tanto por não terem pescado nada, mas por terem acreditado na sorte. Então um velho do grupo falou: "Não nos deixemos abater, meus amigos: parece que o sofrimento é irmão da alegria. Seja como for, depois de nos termos alegrado antecipadamente, teríamos de sentir alguma tristeza".

Vejamos como a vida é cambiante: é difícil reagir aos fatos com a mesma felicidade, pois não há bom tempo que não seja seguido de tempestade.

AS RÃS NO AÇUDE

O sol de verão secara o açude onde moravam duas rãs. Elas se olharam e partiram em busca de outro charco. Diante de um poço profundo, uma disse à outra:

– Como é, vamos descer?

Ao que a outra respondeu:

– E se de novo a água secar, como vamos subir?

Prudência em tudo que se faz.

O LOBO SACIADO E A OVELHA

Um lobo saciado viu uma ovelha que jazia por terra. Achando que ela tinha desmaiado de medo, ele se aproximou e a acalmou dizendo:

– Dize-me três coisas verdadeiras e te deixarei partir.

A ovelha respondeu:

– Eis os dois primeiros: gostaria de não te ter encontrado, ou, se encontrasse, que estivesses cego. Quanto ao terceiro, ouça bem: que a morte te carregue, a ti e a todos os lobos que atacam sem piedade pobres ovelhas.

O lobo, achando que ela havia dito a verdade, deixou-a ir embora.

Assim é a força da verdade, mesmo se dita a nossos inimigos.

O CAVALO E O SOLDADO

Enquanto durou a guerra, um soldado alimentara com cevada seu cavalo, que lhe era muito precioso. Quando veio a paz e o animal só servia, como um escravo, para carregar pesadas cargas, a palha substituiu a cevada. De novo, vieram os rumores de guerra. Ouviu-se o soar das trombetas. O dono do cavalo se armou, arreou-o e se foi cavalgando. Mas o cavalo depauperado caía a cada passo. Ele disse então ao dono: "Vai agora te juntar aos outros soldados! Como posso hoje agir como um cavalo depois de ter recebido tratamento de asno?".

Em tempos de paz, é bom não esquecer o tempo dos infortúnios.

A PAREDE E A CAVILHA

Uma parede atravessada brutalmente por uma cavilha gritou:

– Por que estás me furando, não te fiz nada!

A cavilha respondeu:

– Não sou eu, é alguém que está me batendo violentamente por trás.

ZEUS E APOLO

Zeus e Apolo disputavam para ver qual era o melhor arqueiro. Apolo puxou o arco e soltou a flecha. Zeus, então, com uma só pernada alcançou o local onde ela havia caído.

Ao presunçoso, a vergonha.

O HOMEM E O LEÃO

Um homem e um leão que caminhavam juntos se gabavam o tempo todo. E eis que encontraram uma estela com um homem estrangulando um leão. Mostrando-a a seu companheiro, o homem lhe disse:

– Estás vendo como somos mais fortes que vocês.

Mas o animal, mal escondendo o riso, replicou:

– Se os leões soubessem esculpir, verias uma porção de homens destruídos por um leão.

Alguns se vangloriam – e são muitos – de serem fortes e ousados, até serem desmascarados e confundidos pela experiência.

A LEBRE E A RAPOSA

A lebre perguntou à raposa:

– Que é que levas no teu saco, ouro ou mais uma peça? Pois teu nome significa lucro muito mais do que astúcia*.

– Se queres saber – disse a raposa –, vem até minha casa, convido-te para jantar.

A lebre acompanhou a raposa até sua toca: lá, não havia nada para jantar a não ser a lebre. Esta declarou:

– Como aprendi com minha própria desgraça, sei agora de onde vem teu nome: de tua astúcia e não de teus lucros.

Curiosidade além da conta é fonte de grandes desgraças.

---

* A raposa às vezes é chamada em grego de *kerdô*, nome derivado de *kerdos*: "ganho, lucro, astúcia". (N.T.)

A LEOA E A RAPOSA

Uma leoa disse à raposa que a reprovava por só ter dado à luz um filhote:

– Um só, mas um leão!

O bem deve ser medido não pela quantidade, mas por seu valor.

O CÃO E O PEDAÇO DE CARNE

Um cão atravessava um riacho com um pedaço de carne na boca. Quando viu seu reflexo na água, pensou que fosse um outro cão carregando um pedaço de carne ainda maior. Soltou então o pedaço que carregava e se jogou na água para pegar o outro. Resultado: não ficou nem com um nem com outro, pois o primeiro foi levado pela correnteza e o segundo não existia.

Cuidado com a cupidez.

OS DOIS SACOS

Quando Prometeu fez o homem, deu-lhe dois sacos para carregar: um com os defeitos alheios, o outro com os defeitos próprios. Os homens levam o primeiro na frente e o segundo atrás. Eis por que sempre estamos prontos a ver os defeitos dos outros, mas nunca percebemos os nossos.

A MULHER E A GALINHA

Uma viúva tinha uma galinha que punha um ovo todo dia. "Dando-lhe um pouco mais de cevada, ela porá dois", disse ela. Mas deu-lhe tanta cevada que a galinha ficou entupida e não conseguia pôr nem mais uma vez por dia.

Por querer sempre mais, perdes até o que já tens.

O CAÇADOR MEDROSO E O LENHADOR

Um caçador procurava o rastro de um leão. Perguntou então a um lenhador:

– Se o senhor visse o rastro da fera saberia dizer onde ela mora?

– Vou te mostrar o animal – respondeu o lenhador.

Pálido de medo e batendo os dentes, o caçador exclamou:

– Não estou procurando o leão, estou procurando seu rastro.

Assim é o medroso metido a valente: só é audacioso nas ideias.

O PORCO E OS CARNEIROS

Um porco tinha se misturado a um rebanho de carneiros e pastava com eles. Um dia o pastor o pegou. Como ele gritasse e resistisse, os carneiros o repreenderam:

– Nós ficamos berrando quando ele nos pega?

O porco replicou:

– Questão de detalhe. Quando ele corre atrás de vocês, é porque quer sua lã ou seu leite, mas de mim ele quer a carne.

Reclamas com razão quando querem tirar não teus bens, mas tua vida.

A ÁGUIA E O ESCARAVELHO

Uma lebre estava sendo perseguida por uma águia. Em seu desespero, foi obrigada a pedir ajuda ao único animal que lhe apareceu: um escaravelho. Este tranquilizou-a, e disse à aguia que se aproximava: "Por favor, poupa meu suplicante". Mas a águia, que não tinha senão desprezo pelo diminuto escaravelho, devorou a lebre diante de seus olhos. Desde então, cheio de rancor, o escaravelho não parava de ficar espiando a águia. Quando ela punha os ovos, ele ia até o ninho e empurrava-os para quebrá-los. Não sabendo mais o que fazer, a águia foi até Zeus, seu protetor juramentado, e lhe pediu um lugar seguro para fazer seu ninho. Zeus permitiu que ela pusesse os ovos nas dobras de sua veste. Mas nem isso havia escapado ao escaravelho: ele fez uma bolinha com seu cocô e voou. Ao sobrevoar o regaço de Zeus, deixou cair a bolinha. E Zeus, ao se erguer para se livrar do cocô, esquecido dos ovos, deixou-os cair no chão. Diz-se que, desde então, as águias não fazem mais seu ninho na estação dos escaravelhos.

Não há fraco que, ultrajado, não tenha um dia força para se vingar: quem os olha do alto, cuidado!

OS PESCADORES E O ATUM

Alguns homens foram à pesca e, apesar de todos os longos e terríveis esforços, não conseguiram pescar nada. Estavam sentados, desanimados, em sua barca, quando um atum, sem querer, pulou dentro, correndo de um pescador. Eles o capturaram, levaram-no para casa e o venderam.

Assim, muitas vezes, o acaso nos dá o que com nosso trabalho não conseguimos.

O NÁUFRAGO

Um rico ateniense navegava com outros passageiros. Veio uma forte tempestade: o barco virou. Enquanto todos os seus companheiros lutavam nadando contra as ondas, o ateniense não parava de invocar Atena, prometendo-lhe uma oferenda atrás da outra se ela o salvasse. Um dos náufragos, que nadava a seu lado, disse-lhe:

– Convoca Atena e também teus braços.

Ao procurar socorro convocando os deuses, é bom também fazermos nossa parte.

O CÃO E A RAPOSA

Um cão de caça viu um leão e se lançou no seu encalço. Mas o leão se voltou e pôs-se a rugir. Assustado, o cão deu uma meia-volta e foi embora. Uma raposa, vendo-o fazer aquilo, disse-lhe:

– Pobre cão! Perseguias um leão e te assustas com um simples rugido?

O presunçoso que quer ir além de suas forças treme logo diante de alguém que lhe resista.

O MOSQUITO E O LEÃO

O mosquito foi dizer ao leão:

– Não tenho medo de ti, não és mais forte que eu. És mesmo forte? Arranhas com as unhas e mordes com os dentes; mas uma mulher faz o mesmo quando briga com o marido. Eu sou muito mais forte que tu. Enfrentemo-nos, se quiseres.

E, zumbindo, o mosquito se pôs a picar o leão no focinho, onde não há pelo. O leão ficou tão machucado que terminou por entregar as armas. O mosquito deu-se como vencedor e foi embora. Mas caiu numa teia de aranha e, enquanto esta o engolia, ele se lamentava:

– Eu, que fiz a guerra contra os maiorais, como fui morrer entre as patas de uma vulgar aranha?

O LOBO E A VELHA

Um lobo faminto estava atrás do que comer quando ouviu uma velha dizer a uma criança que chorava:

– Para de chorar, senão vou te entregar ao lobo.

O lobo acreditou que a velha falava sério; parou e ficou à espera. Bem mais tarde, quando caiu a noite, ele ouviu de novo a velha falar. Ela acalentava o bebê e dizia:

– Se o lobo vier, queridinho, nós o mataremos.

Ouvindo isso, o lobo se foi dizendo:

– Neste casebre, dizem uma coisa e fazem outra.

Muitos homens fazem o mesmo.

A RAPOSA COMILONA

Uma raposa que estava morrendo de fome viu que alguns pastores haviam deixado pão e carne no oco de uma árvore. Sorrateiramente, foi lá e comeu tudo. Como a barriga cresceu e ela ficou presa no buraco, gemia e se lamentava. Uma outra raposa que passava por perto ouviu-a se lamentando e perguntou por quê. Quando soube o que tinha acontecido, disse-lhe:

– Paciência! Quando voltares ao que eras antes, sairás facilmente.

O tempo resolve as dificuldades.

AS RÃS VIZINHAS

Duas rãs eram vizinhas. Uma morava num açude profundo, afastado da estrada, e a outra numa pequena poça d'água, por onde todos passavam.

– Queres um conselho? – perguntou a rã do açude à outra. – Vem morar comigo. Terás uma vida agradável, longe do perigo.

Mas a outra não se deixou levar:

– Sofrerei – disse ela –, longe de meus hábitos.

Um dia ela terminou sendo esmagada pelas rodas de uma carroça.

Assim acontece com os que, preocupados com ninharias, morrem antes de ter feito algo importante.

OS LENHADORES E O PINHEIRO

Alguns lenhadores estavam cortando um pinheiro: tarefa fácil para eles, já que usavam cunhas feitas da mesma madeira. "Tenho menos raiva do machado", dizia o pinheiro, "que das cunhas feitas com minha madeira."

Nossa infelicidade parece maior quando infligida por pessoas que nos são próximas.

O CERVO E O LEÃO

Um cervo premido pela sede foi atrás de uma fonte. Ao se abeberar, viu seu reflexo na água. Ao mesmo tempo que tinha orgulho dos chifres que se esgalhavam, mortificava-se com as pernas finas e frágeis. Ao ver surgir um leão, parou de pensar. A perseguição começou. O cervo levou vantagem por se distanciar muito do leão, pois a força dos cervos está nas pernas e a dos leões no coração. Enquanto estava em campo aberto, o cervo manteve uma distância salvadora. Mas, ao entrar num bosque, os chifres se emaranharam nos galhos das árvores: interrompida a fuga, ele caiu nas garras do leão. Quando estava morrendo, disse a si mesmo:

– Pobre de mim! Eu achava que minhas pernas me atrapalhavam e foram elas que me salvaram; acreditava em meus chifres e eles me traíram.

Assim acontece muitas vezes, quando o perigo nos ronda. O amigo em quem não acreditávamos nos salva, e aquele com quem contávamos nos trai.

A CORÇA E A VINHA

Uma corça que estava sendo perseguida escondeu-se numa vinha. Ao ver que os perseguidores estavam indo embora, ela achou que estava livre e se pôs a comer a parreira. Ouvindo o ruído das folhas, os caçadores voltaram. Viram logo que o animal estava escondido ali atrás e a mataram com dois golpes.

– Castigo merecido – disse a corça ao morrer. – Não podia ter feito o mal a quem me havia salvado.

Os deuses punem quem faz o mal a seu benfeitor.

O PAVÃO E A GRUA

O pavão zombava da grua por causa da cor de sua plumagem:

– Minha roupa é de ouro e púrpura, já a tua plumagem não tem nenhuma beleza.

– Só eu – respondeu a grua –, canto entre as estrelas, e meu voo me leva às alturas; tu, igual a um galo, caminhas pela terra como a galinhada.

Melhor a glória em andrajos que a desonra no fausto.

A FORMIGA E A POMBA

Uma formiga sedenta foi até uma fonte. Mas a corrente a levou e ela já ia se afogando quando uma pomba a percebeu. A ave cortou um galhinho de uma árvore e o lançou na água. A formiga subiu e se salvou. Pouco depois, veio um caçador: ele estava espalhando visco para pegar a pomba. A formiga, vendo-o fazer aquilo, mordeu-lhe o pé. Gritando de dor, o caçador deixou cair o visco e assustou a pomba, que voou.

Imitemos a formiga, saibamos retribuir o bem.

OS FILHOS DO CAMPONÊS

A discórdia reinava entre os filhos de um camponês. Em vão, ele os exortava a mudar de comportamento; suas palavras não produziam nenhum efeito. Foi por isso que decidiu dar-lhes uma lição na hora:

– Tragam-me – disse ele – um feixe de gravetos.

Os meninos foram buscar. O camponês pegou os gravetos e os uniu num feixe compacto e pediu que eles o partissem. Apesar de toda a força que botaram, não conseguiram. O pai então desfez o feixe e deu a cada um deles um graveto. As crianças os quebraram com facilidade.

– Vejam, meus filhos, o mesmo acontece com vocês: se forem unidos, não temerão seus inimigos, mas, se continuarem na discórdia, cairão na mão deles.

A PORCA E A CADELA

Uma porca e uma cadela discutiam para ver qual a melhor parideira. A cadela achava que era ela porque, entre todos os quadrúpedes, era quem paria mais rápido. “Ora”, retrucou a porca, “mas teus filhotes vêm ao mundo cegos, de olhos fechados.”

A pressa é inimiga da perfeição.

O CAVALEIRO CARECA

Um cavaleiro careca, e que usava peruca, cavalgava num descampado. Veio uma tempestade e arrancou-lhe a cabeleira postiça, o que provocou risos em seus companheiros. O cavaleiro, então, freando seu cavalo, disse-lhes: "Não vejo nada demais em ter perdido estes cabelos, já que eles tinham abandonado antes a cabeça em que nasceram".

Aconteceu uma desgraça? Não te preocupes. O que não nos foi dado de berço não será nosso por muito tempo. Nus viemos, nus voltaremos.

O AVARENTO

Um avarento juntou tudo o que tinha e transformou numa barra de ouro que enterrou em seu jardim: com ele enterrou também sua alma e todos os seus pensamentos. E desde então, diariamente, ia inspecionar seu tesouro. Um de seus empregados, observando aquele vaivém, viu logo de que se tratava; desenterrou a barra de ouro e levou-a. Pouco depois, o avarento foi fazer sua inspeção. Quando viu o buraco vazio, começou a se lamentar e a arrancar os cabelos. Vendo-o nesse estado, um transeunte perguntou o que tinha acontecido e, compreendendo o que afligia o avarento, disse-lhe: "Por que ficar assim tão desolado? Tinhas o ouro e ao mesmo tempo não o tinhas. Basta pôr uma pedra no lugar onde estava a barra de ouro e imaginar que ele está lá. Pelo que vejo, mesmo quando o ouro estava lá, não fazias uso dele".

Ter bens e não usufruí-los é o mesmo que não ter.

A ANDORINHA E A SERPENTE

Uma andorinha tinha feito seu ninho dentro de um tribunal. Tendo se ausentado, uma serpente foi até o ninho e devorou-lhe os filhotes. Quando voltou e viu o ninho vazio, aterrada pela dor, pôs-se a chorar. Uma andorinha amiga tentou consolá-la, dizendo-lhe que ela não era a única a quem acontecia tal desgraça. Mas a mãe desconsolada respondeu:

– O que me aflige é menos a perda de meus filhos que o fato de ser vítima desse crime num lugar em que os ultrajados geralmente são assistidos.

Nossa infelicidade é tanto maior quando vem de onde não esperamos.

OS VIAJANTES E O PLÁTANO

Meio-dia, pleno verão. Dois viajantes, cansados pelo calor, avistam um plátano. Ao se aproximarem, deitam-se para tirar um soneca à sua sombra. Observando a árvore, um diz para o outro:

– Eis uma árvore estéril sem nenhuma utilidade para os homens.

O plátano os interrompeu:

– Ingratos! É justamente quando vocês aproveitam de minha sombra que me chamam de inútil e de estéril.

Assim é o destino de alguns: são vistos como inúteis mesmo quando prodigalizam seus benefícios.

O CÃO DORMINHOCO E O LOBO

Como estava dormindo à porta de um estábulo, um cão foi surpreendido por um lobo que se lançou sobre ele, pronto para devorá-lo. Mas o cão lhe pediu para adiar o sacrifício:

– Agora – disse ele – estou raquítico e doente. Mas espera um pouco, meus donos estão para comemorar suas núpcias: comerei muito e, bem gordo, serei para ti um prato delicioso.

O lobo acreditou nele e se foi. Alguns anos depois, ele voltou e viu que o cão estava dormindo no andar de cima da casa. De baixo, ele o chamou:

– Lembras de mim – disse ele –, daquilo que combinamos.

O cão então falou:

– Ô seu lobo, quando me vires de agora em diante dormir diante do estábulo, não esperes mais as núpcias.

Uma vez salvo do perigo, o homem sensato se previne para sempre.

A SERPENTE PISOTEADA

Uma serpente que era frequentemente pisoteada foi pedir a Zeus que a ajudasse. Zeus lhe respondeu:

– Se tivesses mordido o primeiro que te pisou, um segundo não teria feito o mesmo.

Se enfrentares os primeiros que te atacam, os outros te temerão.

O MENINO E AS TRIPAS

Os camponeses tinham sacrificado uma cabra e convidaram pessoas da vizinhança para um banquete. Entre elas havia uma mulher humilde acompanhada do filho. A festança estava bem adiantada quando o menino, que tinha se empanturrado de carne, queixou-se à mãe:

– Mamãe, vomitei minhas tripas.

– Não vomitaste as tuas, mas as que comeste.

O mesmo acontece com o devedor sempre pronto a pegar o dinheiro alheio; quando se trata de devolvê-lo, sofre como se fosse devolver o que era seu.

O CAMELO VISTO PELA PRIMEIRA VEZ

A primeira vez em que viram um camelo, os homens fugiram assustados com o tamanho do animal. Mas quando, com o tempo, constataram que ele era dócil, fizeram tudo para se aproximar dele. Depois, dando-se conta de que ele não se aborrecia, começaram a tratá-lo com descaso a ponto de lhe colocar um cabresto e deixar que as crianças o conduzissem.

O hábito faz arrefecer o medo.

O CARANGUEJO E A RAPOSA

Um caranguejo saiu do mar e ficou ali pela praia, sozinho, à procura de alimento. Nisso, uma raposa faminta o viu. Como não tinha outra coisa para comer, se lançou sobre o caranguejo. Quanto estava para ser devorado, o caranguejo exclamou:

– Bem empregado, quem me mandou, eu, um animal marinho, querer passar por um animal da terra.

Triste de quem se lança em negócios que nada têm a ver com seus hábitos.

O LAGOSTIM E SUA MÃE

– Não andes de lado – dizia a mamãe-lagostim a seu filho –, para de roçar as costas nas rochas úmidas.

– Mas, mamãe, aprendi com você: ande direito, que também andarei.

Quem quer consertar os outros deve primeiro se consertar.

A ÁGUIA E A TARTARUGA

Uma tartaruga pediu a uma águia que a ensinasse a voar. Por mais que a águia lhe dissesse que ela não fora feita para isso, ela não desistia. A águia pegou-a então entre as garras e, voando bem alto, soltou-a das alturas. A tartaruga terminou se espatifando nos rochedos.

É assim que termina o insensato quando quer ser melhor do que o outro.

A RAPOSA E O LENHADOR

Uma raposa estava fugindo dos caçadores. Ao ver um lenhador, suplicou-lhe um esconderijo. O lenhador convidou-a a se esconder em sua cabana. Os caçadores não tardaram a chegar e perguntaram ao lenhador se não tinha visto passar uma raposa.

Ele disse que não com a voz, mas apontou-lhes com o dedo onde ela estava escondida. Os caçadores não levaram o gesto em consideração, prestando atenção somente no que ele falara. Ao vê-los se afastar, a raposa saiu sem dizer uma palavra. O lenhador repreendeu-a:

– Veja só! Não tens nem mesmo uma palavra de agradecimento para quem te salvou?

A raposa respondeu:

– Eu diria obrigado se tuas palavras estivessem de acordo com teus gestos.

Só quem pensa em fazer o mal é que chama a atenção sobre suas virtudes.

O LEÃO E O RATO

Um rato foi passear sobre um leão adormecido. Quando este acordou, pegou o rato. Já estava para devorá-lo quando o rato pediu-lhe para deixá-lo ir embora:

– Se me poupares – disse –, te serei útil.

E o leão, achando aquilo engraçado, soltou-o. Tempos depois, o leão foi salvo pelo rato agradecido. Ele fora capturado por caçadores que o amarraram a uma árvore. O rato o ouviu gemer: foi até lá, roeu as cordas e o libertou. E disse ao leão:

– Naquele dia zombaste de mim porque não esperavas que eu mostrasse minha gratidão; aprende então que entre os ratos também se encontra o reconhecimento.

Quando a sorte muda, os mais fortes têm necessidade dos mais fracos.

O VIAJANTE E O DESTINO

Cansado de tanto caminhar, um viajante caiu junto a um poço. Como adormecera e ia cair dentro, o Destino se aproximou, acordou-o e disse:

– Se tivesses caído dentro, não te culparias, mas a mim.

Na infelicidade, acusamos logo os deuses.

A RÃ E O RATO

Um rato do campo criou fortes laços de amizade com uma rã. Esta teve a infeliz ideia de atar a pata do rato à sua. E foram juntos pelos campos para arranjar alimento. Quando chegaram à beira de um açude, a rã arrastou o rato para o fundo, lançando-se na água com espalhafato. O pobre do rato, de tanto beber água, morreu. Como seu cadáver flutuasse, amarrado que estava à pata da rã, um milhafre veio e o levou em suas garras. A rã foi forçada a ir com ele e terminou também na pança do milhafre.

Tua vítima, mesmo morta, pode ainda te punir; a justiça divina a tudo vigia e, com o olho na balança, dá a cada um o que merece.

O JOVEM PRÓDIGO E A ANDORINHA

Um jovem pródigo havia gasto todo o seu patrimônio. Só lhe restava agora um casaco. Ao ver uma andorinha – chegada prematuramente – achou que já era a primavera se anunciando e ele não precisava mais do casaco. Vendeu-o sem titubear. Algum tempo depois, vieram a chuva e o frio. E o rapaz caminhava pelos campos quando viu a andorinha: ela estava morta de frio.

– Fizeste mal a mim e a ti.

É perigoso agir sem refletir.

O DOENTE E O MÉDICO

– Como vais? – perguntou o médico a seu doente.

– Suei demais – respondeu o doente.

– Isso é bom – disse o médico.

Perguntado uma segunda vez sobre seu estado, o doente respondeu que tinha sentido violentos calafrios.

– Isso é bom – disse o médico.

Uma terceira vez, o médico apareceu e perguntou ao doente como ele ia.

– Agora estou com diarreia – respondeu o doente.

– Isso também é bom – disse o médico.

Quando um de seus parentes perguntou ao doente sobre sua saúde, ele disse:

– Estou morrendo de tanto ir bem.

Frequentemente as pessoas que nos são próximas se fiam nas aparências: o que elas tomam como sinal de nossa felicidade é na realidade o que nos faz mais sofrer.

O MOSQUITO E O TOURO

Um mosquito pousou no chifre de um touro e ficou ali um bom tempo. Quando ia sair, perguntou ao touro:

– Queres mesmo que eu vá embora?

O touro respondeu:

– Assim como não senti tua chegada, não vou sentir tua partida.

Aqui ou alhures, o insignificante não causa nem o bem nem o mal a ninguém.

O LEÃO, O ASNO E A RAPOSA

O leão, o asno e a raposa tinham caçado juntos e feito uma boa provisão. O leão deu ordem para dividi-la e o asno assim o fez. Dividiu tudo em três partes iguais e pediu ao leão para escolher a sua. Furioso, o leão saltou em cima do asno e o devorou. Depois, pediu à raposa para fazer a divisão. Ela juntou tudo e deixou só alguns pedaços para si.

– Agora é a sua vez – disse para o leão.

Este lhe perguntou quem lhe ensinara dividir assim.

– O triste destino do asno – respondeu a raposa.

A infelicidade de uns é fonte de sabedoria para outros.

O LOBO E O ASNO

Promovido a chefe de sua raça, um lobo instituiu que, dali em diante, cada um devia colocar num determinado lugar o produto de sua caça, que iria ser dividido irmãmente por todos. Assim, a escassez de alimento não iria provocar mais nenhuma desavença entre eles. Nisso, um asno se aproximou e, balançando a crina, disse:

– Bela ideia, sobretudo porque vem de um lobo. Mas por que deixaste no teu covil a presa que caçaste ontem? Vamos, o que estás esperando para dividi-la com os outros?

E o lobo, sem saber o que dizer, aboliu a lei.

Assim acontece com alguns: suas leis parecem justas, mas eles próprios não a respeitam.

A RAPOSA E O ESPANTALHO

Uma raposa entrou na casa de um ator. Ficou remexendo em seus pertences e encontrou uma cabeça de espantalho muito bem feita. Tomou-a entre as patas e exclamou:

– Que bela cabeça, mas é oca.

O mesmo se pode dizer das pessoas belas mas sem inteligência.

O VENTO E O SOL

O Vento e o Sol discutiam para ver quem era o mais forte. Ficou estabelecido que ganharia aquele que conseguisse arrancar o casaco de um viajante. O Vento começou: pôs-se a soprar violentamente e, como o homem segurasse o casaco com força, ele redobrou os ataques. Transido de frio, o viajante pôs um segundo casaco, de modo que o Vento, desencorajado, deu a vez ao Sol. Este a princípio brilhou moderadamente e o homem tirou o segundo casaco. O Sol lançou então seus raios mais fortes e, assim, sem suportar mais o calor, o viajante tirou toda a roupa e se jogou num rio próximo.

Conseguirás o que queres pela persuasão, não pela violência.

O TOCADOR DE CÍTARA

Acompanhando a si mesmo com uma cítara, um cantor medíocre vivia cantando entre quatro paredes. Ouvindo o eco, achou sua voz muito bela. Ficou tão vaidoso que achou ter sido feito para o teatro. Mas, uma vez em cena, cantou tão mal que foi expulso a pedradas.

Muitos oradores parecem perfeitos entre quatro paredes, mas são um fracasso quando em contato com o grande público.

OS LADRÕES E O GALO

Uma casa foi invadida por ladrões. Seu butim se reduziu a um galo que levaram ao deixar o local. Iam sacrificá-lo quando a ave lhes pediu o seguinte:

– Deixem-me ir embora; já não faço o bem aos homens quando os acordo à noite para irem ao trabalho?

E os ladrões responderam:

– Uma razão a mais para te matar. Acordando-os, nos impedes de roubar.

O virtuoso vê o bem onde o celerado vê um obstáculo.

O VELHO CAVALO

Um velho cavalo foi comprado para fazer girar um moinho. Uma vez atrelado à mó, ele disse gemendo:

– Depois de ter girado pelos campos de corrida terminar desse jeito!

Quando somos jovens e belos, tudo nos parece possível; mas é bom não nos vangloriarmos. Para muitos, a velhice é um tempo de dureza.

O GATO E OS RATOS

Havia muitos ratos numa casa; um gato, ao saber disso, foi para lá. Pegava um rato atrás do outro e os devorava. Uma hecatombe. Os ratos então fugiram para os buracos distantes do alcance do gato. Este pensou num jeito de fazê-los sair. Subiu numa estaca, fingiu enforcar-se e parecia estar morto. Um rato, que naquele momento estava saindo do buraco, ao vê-lo, disse:

– Ah, só sairei daqui quando virares pó.

O homem sensato, depois de sofrer os golpes do mau, não se deixa levar por seus fingimentos.

A CABRA E O PASTOR

Um pastor chamava as cabras para o estábulo. Como uma delas parou para devorar um arbusto saboroso, o pastor lhe jogou uma pedra. Foi tão certeiro que lhe quebrou um chifre. Ele pediu à cabra que não dissesse nada a seu dono. Mas a cabra retrucou:

– Mesmo que eu fique calada, como esconder a verdade? Quem não veria meu chifre quebrado?

Não há desculpas diante das evidências.

A CADELA E A PORCA

Uma cadela e uma porca trocavam insultos um atrás do outro.

– Por Afrodite – jurava a porca –, eu vou te devorar com o maior prazer.

– Fazes bem – disse a cadela –, jurar por Afrodite: vê-se claramente que, entre todos, és a mais querida por ela, que proíbe a entrada no templo de todos os que comeram de tua carne suja.

A porca retrucou:

– É mais uma prova de seu amor por mim: ela usa de todos os meios para dissuadir os homens de me matar ou de me maltratar. Quanto a ti, fedes, estejas viva ou morta.

Os oradores hábeis sabem transformar o insulto em elogio.

AS VESPAS, AS PERDIZES E O CAMPONÊS

Como as vespas e as perdizes estavam sedentas demais foram pedir a um camponês água para beber.

– Seremos sempre agradecidas – prometeram elas. – Nós, as perdizes, capinaremos tuas vinhas; nós, as vespas, vigiaremos os ladrões com nossos ferrões.

– Verdade seja dita – falou o camponês –, tenho dois bois que fazem tudo sem prometer nada; é melhor dar água a eles que a vocês.

Cuidado com as promessas dos espertalhões!

O CAMPONÊS E A ÁGUIA

Um camponês encontrou uma águia presa numa armadilha. Achando-a tão bela, deu-lhe a liberdade. A águia mostrou-se grata. Um dia viu o camponês descansando encostado numa parede. Lançou-se em sua direção e arrancou-lhe o turbante da cabeça. O homem se levantou e pôs-se a perseguir o pássaro. Este deixou cair o turbante. O camponês o pegou de volta e, ao retornar, viu que a parede tinha ruído justamente onde ele estava antes. Grande foi sua admiração por esse gesto de reconhecimento.

Quando receber um bem, saiba retribuí-lo.

O VELHO E A MORTE

Carregando a madeira que acabara de cortar, um velho ia por uma longa estrada. Cansado, depositou no chão o seu fardo e pediu que a Morte lhe aparecesse. A Morte apareceu:

– Por que me chamaste?

E o velho:

– Para que leves meu fardo.

Por mais difícil que seja a vida, ninguém quer deixá-la.

O CORVO E A RAPOSA

Um corvo roubou um pedaço de carne e foi para o alto de uma árvore. Uma raposa, ao vê-lo, logo quis se apossar do pedaço de carne. Ao pé da árvore, pôs-se a louvar a beleza e a graça do corvo:

– Quem, além de ti, pode ser o rei dos animais? Bastava que tivesses voz.

O corvo, querendo mostrar que não era mudo, deixou cair o pedaço de carne e começou a emitir ruídos. A raposa abocanhou a carne e disse:

– Ora, senhor corvo, se também fosses inteligente, não faltaria nada para seres o rei dos animais.

Tolos, atenção!

A POMBA SEDENTA

Uma pomba sedenta viu uma taça de água pintada num quadro. Tomando-a como verdadeira, arremessou-se contra o quadro, fazendo um grande ruído com as asas. O que aconteceu? Quebrou as asas e caiu ao chão onde foi pega por um transeunte.

Há pessoas que, impelidas por um grande desejo, se lançam impensadamente em grandes empresas sem saber que estão a caminho de sua própria perdição.

O HOMEM QUE QUERIA COMPRAR UM ASNO

Um homem estava querendo comprar um asno e levou-o para testá-lo. Colocou-o entre os que já tinha e pôs-lhe um cabresto. Mas o animal, abandonando a companhia dos outros, preferiu ficar com o mais preguiçoso e o mais glutão de todos. Como não fazia nada, o homem passou-lhe uma corda no pescoço e foi devolvê-lo a seu dono. Este perguntou se a experiência tinha sido boa.

– Nem precisei pô-lo à prova. Sei que ele se parece com o companheiro que escolheu – respondeu o homem.

Somos julgados por nossas companhias.

O CÃO, O GALO E A RAPOSA

Um cão e um galo que tinham feito amizade iam juntos por uma estrada. Quando veio a noite, o galo subiu numa árvore, enquanto o cão se aninhou no oco do tronco. Adormeceram. Como de costume, o galo cantou antes de o dia nascer. Uma raposa, escutando-o, correu até a árvore e pediu para ele descer: queria beijar um animal de voz tão bela. O galo respondeu-lhe:

– Acorde antes o porteiro que está dormindo ao pé da árvore. Quando ele acordar, descerei.

Quando a raposa foi conversar com o cão, ele saltou sobre ela e a despedaçou.

Quando nossos inimigos nos atacam, astuciosamente mandemos que se entendam com os mais fortes que eles.

O CAMPONÊS E A ÁRVORE

Nas terras de um camponês, nascera uma árvore que não dava nenhum fruto: servia apenas para abrigar os pardais e as cigarras que cantavam. Por isso o camponês resolveu cortar aquela árvore estéril. E, já com um machado na mão, ao dar o primeiro golpe, as cigarras e os pardais pediram para não destruir seu abrigo:

– Poupa-o para que possamos continuar a encantar-te com nossos cantos.

Sem se importar com tal pedido, o homem deu um segundo golpe com o machado, depois um terceiro. Foi quando encontrou no oco da árvore um enxame de abelhas e mel. Antes mesmo de saboreá-lo, jogou longe o machado, tratou a árvore como se fosse sagrada e a cercou de cuidados.

Assim somos nós: temos mais pressa em salvar os ganhos que fazer justiça.

ZEUS E A TARTARUGA

Para celebrar suas núpcias, Zeus tinha convidado todos os animais para participar do banquete. Só a tartaruga não foi. No outro dia, Zeus quis saber os motivos de sua ausência:

– Todos os animais vieram. Por que só tu não vieste?

A tartaruga respondeu:

– Não há melhor casa que a minha.

Zeus, irritado com ela, deu-lhe o castigo de carregar nas costas a casa por onde quer que fosse.

Muita gente prefere viver modestamente em sua casa que na opulência em casa alheia.

ZEUS E O TONEL DE BENS

Zeus colocou todos os bens num tonel que enviou ao homem. Este, curioso por natureza, quis saber o que havia ali dentro. Levantou a tampa. E os bens voaram para os céus.

Aos homens só restou a esperança, que lhes promete de volta os bens perdidos.

O LEÃO APAIXONADO E O CAMPONÊS

Um leão se apaixonou pela filha de um camponês e a pediu em casamento. Como não queria dar sua filha a um animal selvagem a quem temia dizer não, o camponês imaginou o seguinte. Declarou ao leão, que o pressionava insistentemente, que o considerava digno de casar com sua filha. Ele lha daria sob uma condição: que arrancasse os dentes e aparasse as garras, pois isso a assustava. O leão aceitou a proposta facilmente: estava apaixonado. Mas, em troca, conseguiu apenas o desprezo do camponês, pois, quando voltou, foi expulso a pauladas.

Se, ao confiar em alguém, renuncias a tuas prerrogativas, tu te tornas presa fácil para os que até então te temiam.

O JAVALI E A RAPOSA

Um javali parara para descansar sob uma árvore para afiar suas garras.

– Para que serve – perguntou a raposa –, afiar tuas garras se não estás vendo nenhum caçador e nenhum perigo?

– Tenho minhas razões – respondeu o javali. – Se vem um perigo, não terei tempo de afiá-las; mas, como elas estarão prontas, ficará mais fácil para eu usá-las.

Não espere o perigo para se preparar para ele.

OS DOIS CÃES

Um homem tinha dois cães. Transformou o primeiro em cão de caça; o segundo, em cão de guarda. Ora, sempre que o primeiro trazia alguma caça, o dono dava um pedaço ao segundo. O cão de caça, descontente, disse a seu companheiro em tom de reprovação:

– Sempre sou eu que vou à luta e arrisco minha vida. Tu ficas aí sem fazer nada. Depois de eu tanto trabalhar, tu é que te regalas.

O outro respondeu:

– Não tenho culpa nenhuma, vai te queixar ao nosso dono. Foi ele que, em vez de me ensinar a trabalhar, me ensinou a me alimentar com o trabalho dos outros.

O filho não tem culpa do maus ensinamentos que aprendeu dos pais.

A RAPOSA QUE NUNCA TINHA VISTO UM LEÃO

Era uma vez uma raposa que jamais vira um leão. A primeira vez que o encontrou, quase morreu de medo. Na segunda vez, o medo foi menor. Na terceira, ousou falar-lhe.

O hábito termina eliminando o lado assustador das coisas.

O PASTOR BRINCALHÃO

Um pastor que levou suas ovelhas para pastar em uma aldeia distante gostava de fazer a seguinte brincadeira: gritava "os lobos estão atacando!" E clamava pelo socorro dos habitantes locais. Duas, três vezes, os moradores ficaram com medo e fugiram da cidade, para depois voltarem rindo. Mas os lobos terminaram atacando de verdade. Como estavam devorando os carneiros, o pastor gritou por socorro. Os moradores pensaram que fosse mais uma brincadeira e não lhe deram nenhuma atenção. Foi assim que o pastor perdeu seu rebanho.

Ninguém acredita no mentiroso mesmo quando diz a verdade.

A RAPOSA E O BODE

Uma raposa caíra num poço. Não havia como sair. Foi quando apareceu um bode sedento. Ao ver a raposa, perguntou-lhe se a água era boa. Diante de tanta sorte, a raposa começou a elogiar a água: não havia mais saborosa. E convidou o bode a descer também. Sem pensar duas vezes e só pensando em saciar sua sede, o bode desceu. Depois de beber à vontade, era hora de voltar à superfície: "como fazer?", perguntou à raposa.

– Eu sei – disse ela –, de uma boa saída, desde que tenhas vontade de nos tirar desse aperto: põe os teus pés da frente contra a parede e ergue os teus chifres; aí eu dou um pulo e saio. Uma vez lá fora, eu te puxo.

O bode fez o que ela disse. Com a ajuda das pernas, das costas e dos chifres do bode, ela conseguiu, dando alguns pulos, voltar à boca do poço e, assim que se viu salva, foi embora. Como o bode a repreendesse por não ter cumprido o acordo, a raposa lhe disse:

– Ah, meu caro, se tivesses tanta presença de espírito quanto pelos no queixo, não terias descido sem saber como irias sair.

É preciso antever o final em tudo o que se faz.

O LENHADOR E HERMES

Um lenhador que trabalhava à margem de um rio deixara seu machado cair dentro da água. Desconsolado, ele chorava, sentado na areia. Ao saber de seu infortúnio, Hermes teve pena dele e mergulhou no rio. Trouxe-lhe um machado de ouro.

– É o teu? – perguntou ao lenhador.

– Não – respondeu o homem.

Hermes mergulhou de novo e voltou com um machado de prata.

– Não, não é esse – respondeu o homem.

Hermes mergulhou pela terceira vez e trouxe um machado de lenhador.

– Sim, é esse – disse o homem.

Diante de tal honestidade, Hermes deu os três machados a ele. O lenhador foi contar a história a seus amigos. Um deles quis ver se aquilo era mesmo verdade. Foi até a beira do rio e jogou seu machado na água. Depois se sentou e começou a se lamentar. Hermes lhe apareceu e, ao saber o porquê de suas lágrimas, mergulhou no rio. Mais uma vez, voltou com um machado de ouro e perguntou se era aquele o que tinha perdido. E o homem, os olhos brilhando de satisfação:

– Sim, é esse, sem dúvida.

Tal descaramento desagradou demais ao deus, que não só guardou o machado de ouro mas também o outro.

Os deuses protegem o homem correto, mas desapontam o velhaco.

O ASNO E A MULA

Um asno e uma mula iam juntos por uma estrada. Vendo que eles levavam a mesma carga, o asno ficou indignado e se queixou de a mula ganhar mais ração do que ele e, no entanto, a carga era a mesma para os dois. Ao fim de algum tempo, como o asno já não estava mais aguentando a carga, o tropeiro passou uma parte dela para a mula. Um pouco depois, como o asno estivesse de novo esgotado, o tropeiro o aliviou de parte da carga, e assim foi fazendo até que a mula terminou carregando tudo. Esta, então, se voltou para o asno:

– E agora, não mereço minha ração reforçada?

Julguemos as coisas quando estão concluídas e não logo no começo.

A RAPOSA E AS UVAS

Uma raposa estava com muita fome e viu uma cacho de uvas numa latada. Quis pegá-lo, mas não conseguiu. Ao se afastar, disse para si mesma:

– Estão verdes.

O homem que culpa as circunstâncias fracassa e não vê que o incapaz é ele mesmo.

O LEÃO QUE TINHA MEDO DE UM CAMUNDONGO E A RAPOSA

Um camundongo estava passeando sobre um leão que dormia. Este acordou e se pôs a procurar por toda parte quem ousara tanto. Uma raposa o viu assim e lhe perguntou:

– Como é que pode um leão ficar assustado por causa de um camundongo?

Mas o leão respondeu:

– Não é que eu estivesse com medo. Estava admirado de alguém ter tido a coragem de ficar passeando em cima de um leão adormecido.

O homem inteligente preocupa-se com os menores detalhes.

O ASNO E A CARGA DE SAL

Um asno carregado de sal atravessava um rio. Um passo em falso e ei-lo dentro da água. O sal então derreteu e o asno se levantou mais leve. Ficou todo feliz. Um pouco depois, estando carregado de esponja às margens do mesmo rio, pensou que se caísse de novo ficaria mais leve e caiu de propósito nas águas. O que aconteceu? As esponjas ficaram encharcadas e, impossibilitado de se erguer, o asno morreu afogado.

Algumas pessoas são vítimas de suas próprias artimanhas.

O PAVÃO E A GRALHA

Os pássaros discutiam:

– Quem será nosso rei?

– Por minha beleza, serei eu – disse o pavão.

Todos o aprovaram. Mas a gralha argumentou:

– Vejamos. Tu és nosso rei, uma águia nos ataca. Como vais nos salvar?

Previdência é sabedoria.

A CIGARRA E A RAPOSA

Uma cigarra cantava no alto de uma árvore. Uma raposa que queria abocanhá-la preparou a seguinte armadilha. Procurou ver onde ela estava e disse que admirava a doçura de seu canto. Convidou-a a descer, pois queria contemplar animal dotado de tão bela voz. Mas a cigarra notou logo que era uma armadilha. Arrancou uma folha e deixou-a cair. E, como a raposa correu pensando que fosse a cigarra, esta lhe disse:

– Enganou-se, amiga. Esta não sou eu. Fujo das raposas desde o dia em que vi num de seus covis asas de cigarra.

A desgraça sempre serve para alguma coisa.

OS NAVEGADORES

Alguns homens tinham embarcado para uma longa viagem. Quando estavam em alto-mar, foram pegos por uma violenta tempestade, e faltou pouco para o navio ir a pique. Um deles tinha rasgado suas vestes e invocava os deuses de seus antepassados com fortes lamentos e gemidos. Prometia-lhes sacrifícios e ações de graça se os livrassem daquele perigo. Mas, quando veio a bonança, todos se puseram a comer, a pular, a dançar, por terem sido salvos do perigo. Mas o comandante não se deixou levar pelo entusiasmo:

– Brindemos, meus amigos – disse-lhes ele –, sabendo que não estamos livres de uma nova tempestade.

Não nos deixemos cegar pelo sucesso: o destino é mutável.

O HOMEM RICO E O CURTUME

Um homem muito rico morava bem perto de um curtume. Como já não suportava mais o mau cheiro das peles, pressionou o proprietário a se mudar. Este sempre dizia que iria se mudar logo logo, mas não o fazia nunca. E fez isso durante tanto tempo que o homem rico se habituou ao cheiro do curtume e parou de importuná-lo.

O hábito atenua os dissabores.

AS CARPIDEIRAS

Um homem muito rico tinha duas filhas. Quando uma delas morreu, ele chamou as carpideiras. A outra filha disse então à mãe:

– Veja a nossa infelicidade: nós que estamos sofrendo não sabemos como chorar, enquanto essas mulheres que não têm nada a ver com nosso luto se dilaceram e choram com tanta violência.

– Não se admire, minha querida – respondeu a mãe –, se elas fazem tudo isso é porque estão sendo pagas.

O PASTOR E O MAR

Um pastor apascentava seu rebanho à beira de uma praia e o mar lhe pareceu tão calmo que ele se sentiu tomado pelo desejo de navegar. Seria comerciante. Vendeu então os carneiros e ganhou o alto-mar. Uma tempestade o surpreendeu e o barco começou a soçobrar. Ele jogou toda a carga nas águas e se salvou com muita dificuldade, mas sem nada. Depois de algum tempo, como um outro homem admirava o mesmo mar tranquilo – e de fato ele estava naquele momento – o pastor lhe disse:

– Meu caro, ele está assim tão calmo porque ainda precisa de comida.

A experiência ruim deixa suas lições.

O CAMPONÊS E SEUS FILHOS

Um camponês tinha chegado ao fim de sua vida. Como queria que os filhos soubessem o que era cuidar da terra, chamou-os e lhes disse:

– Meus filhos, chegou a minha hora. Quanto a vocês, nada lhes faltará se procurarem o que escondi nas minhas vinhas.

Os filhos pensaram que ele estivesse falando de algum tesouro. Uma vez o pai morto, eles cavaram todo terreno, mas em vão. Nada de tesouro, mas a vinha bem lavrada deu-lhes uva em abundância.

O tesouro é o trabalho.

A RAPOSA E A PANTERA

– Veja – dizia a pantera –, o brilho cambiante de minha pele.

– Entre nós, raposas, não é o corpo que brilha, mas a inteligência.

O FANFARRÃO

Um atleta cuja falta de energia era repreendida constantemente por seus compatriotas, abandonou um dia seu país. De volta, ao fim de um certo tempo, ficara proclamando os feitos que ele dizia ter conseguido no estrangeiro. Em Rodes, particularmente, ele havia saltado mais longe que qualquer outro vencedor dos jogos olímpicos. E havia várias testemunhas para dizê-lo. Um dos que o ouviam tomou então a palavra:

– Se dizes a verdade, não precisas de testemunha; dá agora o pulo que deste em Rodes.

A prova dos fatos torna todo discurso inútil.

O HOMEM GRISALHO E SUAS DUAS MULHERES

Um homem cujos cabelos estavam ficando grisalhos tinha duas mulheres: uma era jovem; a outra, velha. A de idade avançada tinha vergonha de ter um amante mais novo que ela. Quando ele ia visitá-la, ela ficava o tempo todo arrancando os cabelos pretos dele. A mais nova, por sua vez, era reticente à ideia de ter um amante mais velho que ela, e ficava arrancando os cabelos brancos dele. De tanto arrancarem os cabelos do homem, ele terminou careca.

Nada pior que estar em condição desigual à dos parceiros.

O LEÃO E A RAPOSA

Um leão cuja idade avançada não permitia mais que fosse à procura de alimentos, valeu-se de um estratagema. Entrou numa gruta e se deitou, fingindo estar doente. E os animais que iam visitá-lo, ele comia. Muitos já tinham morrido quando a raposa, que tinha descoberto a astúcia, se apresentou. Ela parou a distância da gruta e perguntou ao leão como ele estava.

– Mal – respondeu.

E acrescentou:

– Por que não entras?

A raposa respondeu:

– Eu não entrei porque só vi rastro de animais entrando, nunca saindo.

O homem advertido pressente de longe o perigo e é capaz de evitá-lo.

O LOBO E O CORDEIRO REFUGIADO NUM TEMPLO

Perseguido por um lobo, um cordeiro procurou abrigo num templo. Como o lobo lhe disse que, se o sacerdote o encontrasse ali o sacrificaria a seu deus, ele respondeu:

– De qualquer maneira, prefiro terminar no altar de um deus que na tua boca.

Morrer, mas com toda dignidade.

A MULA

Depois de ter-se fortalecido comendo muita cevada, uma mula pôs-se a dar pulos. Dizia para si mesma toda vaidosa:

– Meu pai, o cavalo, é um corredor veloz e eu sou muito parecida com ele.

Mas, um dia, a necessidade obrigou-a a correr. Terminada a corrida, estava de cara triste: lembrava-se de seu pai, o asno.

Se um dia conheceres a glória, não esqueças de tuas origens: esta vida não é senão inconstância.

A LAMPARINA

Uma lamparina cheia de óleo gabava-se de ter um brilho superior ao do sol. Um assovio, uma rajada de vento e ela apagou-se. Acenderam-na de novo e lhe disseram:

– Ilumina e cala-te. O brilho dos astros não conhece o eclipse.

Que o brilho de uma vida gloriosa não te encha de orgulho. Nada do que adquirimos nos pertence de verdade.

A FORMIGA E O ESCARAVELHO

Era verão. Uma formiga percorria o campo fazendo sua provisão de trigo e cevada para o inverno. Um escaravelho admirou-se por vê-la tão agitada; enquanto ela estava assim atarefada, os outros animais se divertiam. A formiga não disse nada. Mais tarde, porém, quando veio o inverno e a chuva destruiu os estercos, o escaravelho foi até ela e pediu um pouco do que ela tinha guardado. A formiga respondeu-lhe:

– Amigo escaravelho, se tivesses trabalhado no tempo em que meus esforços não suscitavam senão teus sarcasmos, agora terias alimento.

Quem foi irresponsável em tempo de abundância chorará em tempo de penúria.

O ASNO E O CAVALO

Um asno dizia a um cavalo:

– Tu que és feliz! Cuidam de ti direitinho, te dão alimento em abundância. Quanto a mim, nem mesmo capim eu tenho e inúmeros são meus sofrimentos.

No entanto, quando veio a guerra, um cavaleiro pegou o cavalo, montou e partiu. Corria de um lado para outro, lançava-se nos combates mais encarniçados. O cavalo, exausto, terminou morrendo. Incontinenti, o asno mudou de opinião, lamentando o destino do cavalo.

Não invejes nem os ricos nem os poderosos. Pensa nos invejosos que os ameaçam e aprende a gostar de tua modesta fortuna.

O ASTRÔNOMO

Um astrônomo tinha o hábito de sair à noite para observar o céu. Estava ele um dia caminhando pelos arredores da cidade, o espírito perdido entre as estrelas, e, como não viu um poço à sua frente, caiu dentro. Começou então a gritar bem alto. Um transeunte o escutou, aproximou-se e, ao saber como ele fora parar lá dentro, disse:

– Mas o senhor, que vive estudando o que há no céu, não vê o que há na terra!

A TARTARUGA E A LEBRE

Uma tartaruga e uma lebre discutiam para saber quem era a mais veloz. Por isso, combinaram uma data para uma corrida e um local aonde deveriam chegar. No dia certo, partiram. A lebre, que contava com sua rapidez natural, não se preocupou com a corrida. Caiu à beira de uma estrada e adormeceu. Já a tartaruga, que se sabia quão lenta era, não perdeu tempo e, deixando a lebre dorminhoca para trás, venceu a aposta.

O talentoso com preguiça perde para quem enfrenta a liça.

O LOBO E O CORDEIRO

Ao ver um cordeiro à beira de um riacho, o lobo quis devorá-lo, mas era preciso ter uma boa razão. Apesar de estar na parte superior do riacho, acusou-o de sujar sua água, o que o impedia de matar a sede. O cordeiro se defendeu:

– Eu bebo com a ponta dos lábios e, mesmo, como eu ia sujar a água se ela está vindo daí de cima, onde tu estás?

Como ficou sem saber o que dizer, o lobo replicou:

– Sim, mas no ano passado insultaste meu pai.

O carneiro respondeu:

– Eu nem era nascido...

O lobo não se calou:

– Podes te defender como quiseres que não deixarei de te devorar.

Quando alguém está disposto a nos prejudicar de nada adianta nos defendermos.

O ASNO E A ESTÁTUA DE UM DEUS

Um homem tinha colocado a estátua de um deus no dorso de seu asno e levou-o à cidade. Por onde passavam, todo mundo se curvava diante da estátua. O asno pensou que era a ele que adoravam. Todo envaidecido, pôs-se a zurrar e empacou. Compreendendo o que estava acontecendo, o dono do asno começou a bater-lhe e disse:

– Cabeça de asno! Só faltava isso: um asno ser adorado pelos homens.

Quem te conhece ri de teu orgulho quando não tens nada a ver com aquilo de que te orgulhas.

O BODE E A VINHA

A vinha estava brotando novamente. Como um bode estava comendo seus botões, ela disse:

– Por que me fazes mal? Acabou o capim? Lembra-te de que sou eu que forneço o vinho no dia de teu sacrifício.

Receberás do outro o tratamento que lhe dás.

A CIGARRA E A FORMIGA

Era inverno e as formigas botaram para secar os grãos que a chuva molhara. Uma cigarra faminta lhes pediu o que comer. Mas as formigas lhe disseram:

– Por que tu também não armazenaste tua provisão durante o verão?

– Não tive tempo – respondeu a cigarra –, no verão eu cantava.

As formigas completaram:

– Então agora dance.

E caíram na risada.

O ARQUEIRO E O LEÃO

Um caçador foi até a montanha. Tratava-se de um excelente arqueiro. Ao vê-lo, todos os animais fugiram, ficando apenas o leão, que o provocou para uma luta. O caçador arremessou-lhe uma flecha e disse:

– Viste meu mensageiro. Agora vais me ver em pessoa.

Ferido pela flecha, o leão fugiu.

– Que é isso – disse-lhe uma raposa –, para de correr.

– De jeito nenhum – respondeu o leão. – Se o mensageiro fere desse jeito, o que vai ser de mim quando o encontrar em pessoa?

Não esperemos pelo tempo: fujamos do perigo ao primeiro sinal.

DÊMADES, O ORADOR

Um dia, Dêmades falava ao povo de Atenas. Como ninguém o escutava, ele pediu permissão para contar uma fábula de Esopo. Permissão dada, ele começou:

– Deméter, uma andorinha e uma enguia caminhavam juntas. Chegaram à beira de um riacho. A andorinha então voou e a enguia mergulhou na água. Depois calou-se.

– E Deméter – quis saber o povo –, o que ela fez?

– Ela ficou irada com vocês, que deixam de lado os negócios do Estado para ficar ouvindo fábulas de Esopo.

Insensato. Trocas o necessário pelo prazer!

GUERRA E VIOLÊNCIA

Cada um dos deuses se casou com a mulher que o destino lhes havia reservado. Quando foi a vez do deus Guerra, só havia sobrado a Violência: ele se apaixonou loucamente por ela e a desposou. Desde então, ele a acompanha por toda parte.

A violência impera numa cidade ou entre as nações, trazendo guerra e discórdia.

O GATO E O GALO

Um gato queria ter uma boa razão para devorar um galo que caiu em suas garras.

– À noite – acusou-o –, teus gritos não deixam os homens dormir.

O galo se defendeu:

– É um serviço que lhes presto, chamando-os a seus deveres.

O gato não se abalou e acusou o galo de ultrajar a natureza por não respeitar nem a mãe nem as irmãs.

O galo respondeu:

– Isso reverte mais uma vez para o bem de meus patrões: eles têm assim ovos em abundância.

Os pretextos especiais de nada servem quando o celerado, desavergonhadamente, está decidido a fazer o mal.

O PESCADOR QUE TOCAVA FLAUTA

Um pescador, que era também flautista, pegou a flauta e a rede e foi pescar. De pé num promontório, pôs-se a tocar. Os peixes, pensava ele, atraídos pela beleza da música, pulariam sozinhos fora d'água. Tocou um bom tempo sem parar. Em vão. Deixando de lado a flauta, pegou a rede e a lançou na água. Pegou um monte de peixes. Tirava-os da rede e os jogava na areia . Como os peixes se retorciam, ele disse:

– Seus malditos, quanto vocês não dançaram enquanto eu estava tocando!

Assim agem os ardilosos.

OS GOLFINHOS, AS BALEIAS E A CARPA

Golfinhos e baleias se engalfinhavam. A batalha renhida já durava muito tempo quando, vindo das profundezes, uma carpa tentou reconciliá-los. Mas um dos golfinhos falou:

– Antes morrer sob os golpes de nossos adversários que te ter como mediador!

Em tempos de conflito, os insignificantes querem se fazer de importantes.

DIÓGENES E O HOMEM CARECA

Diógenes disse ao homenzinho que o insultava: "O insulto? Não é o meu forte. Mas todos os meus cumprimentos aos fios de cabelo que desertaram dessa tua cabeça perversa".

HÉRACLES E ATENA

Quando caminhava por uma rua estreita, Héracles viu no chão alguma coisa que se parecia com uma maçã e quis esmagá-la. A coisa então aumentou de volume diante de seus olhos. Ele a pisoteou com mais força ainda e a golpeou com a clava. Mas a coisa engrossou de tal forma que bloqueou o caminho. Héracles jogou fora a clava e ficou ali, presa do espanto, quando Atena lhe apareceu e disse:

– Para, irmão, o que estás vendo é o espírito da querela e da discórdia. Quanto mais a gente deixa de provocá-lo, menos ele reage. Mas, quando o atacamos, ele cresce da forma que estás vendo.

OS ESCARGÔS

Um pobre camponês pusera uns escargôs para assar na grelha. Ao ouvir os estalos, ele disse: "Que idiotas, ainda cantam enquanto suas carapaças ardem!".

Quem age na hora errada termina sendo insultado.

A COTOVIA

Presa numa arapuca, uma cotovia se lamentava: "Pobre de mim! Pobre pássaro que sou! Não roubei nem prata nem qualquer outro objeto precioso: por causa de um pequeno grão de trigo vou encontrar a morte".

Tão grande risco por nada!

A ÁGUIA E SEUS DOIS DONOS

Um dia, uma águia foi capturada por um homem. Este lhe cortou as asas antes de jogá-la entre as aves de seu galinheiro. A águia baixava os olhos de vergonha; roída pela tristeza, parecia um rei cativo. Um outro homem a comprou e arrancou-lhe as penas. Depois, untou-a com mirra e as asas cresceram de novo. A águia voltou ao que era e, tendo pego uma lebre com suas garras, foi levá-la de presente ao seu novo dono. Mas uma raposa a viu e lhe disse:

– Entrega-a ao teu primeiro dono, pois o segundo é bom por natureza: melhor ser bem vista pelo primeiro, a fim de que ele não te pegue no novo e te prive de tuas asas.

O GATO E AS GALINHAS

Chegou até os ouvidos de um gato que em certo galinheiro as galinhas estavam doentes. Ele se fez então passar por médico e, levando consigo os instrumentos necessários, foi até lá. Ao chegar à porta do galinheiro, perguntou-lhes:

– Como estão?

Elas responderam:

– Muito bem, desde que dês o fora.

Por mais que queira passar por bonzinho, o homem mau não engana o homem sensato.

O CAMELO E ZEUS

Invejoso do touro que se vangloriava de seus chifres, o camelo quis ter também os seus. Foi pedi-los a Zeus. Mas o deus se indignou:

– Teu tamanho e tua força já bastam, para que queres ainda mais vantagens?

E, em vez de dar-lhe chifres, encurtou-lhe as orelhas.

Quem inveja os bens de outrem não percebe que perdeu os próprios.

O LEÃO E O JAVALI

Era verão e os animais estavam sedentos. Um leão e um javali foram matar a sede numa pequena fonte. Estavam brigando para ver quem ia beber primeiro. A briga terminou numa luta sangrenta. De repente, tendo-se separado momentaneamente para recuperar o ar, viram os abutres que só estavam esperando que um deles morresse para devorá-lo. Pararam então de brigar:

– Melhor ficarmos amigos que servir de pasto aos abutres e aos corvos.

Querelas e disputas nos expõem ao perigo. Melhor acabar com elas.

A SERPENTE, A DONINHA E OS RATOS

Uma serpente e uma doninha tinham ido brigar numa casa. Ao ver isso, os ratos, que normalmente eram a presa de uma ou de outra, saíram para estirar as pernas. Mas, quando viram os ratos, uma e outra pararam a briga e os atacaram.

Sejamos discretos enquanto os grandes se batem, senão os golpes sobram para nós.

O PASTOR E O LEÃO

Um pastor que apascentava seus animais perdeu um bezerro. Como já andara todo o campo em vão, fez uma promessa a Zeus: sacrificar-lhe um cabrito se descobrisse quem era o ladrão. Nesse ínterim, ele viu, à beira de uma floresta, um leão devorando o bezerro. Tomado pelo medo, levantou os braços para o céu e exclamou: "Ó Zeus soberano, há pouco fiz uma promessa para te oferecer um cabrito se eu encontrasse o ladrão; agora imolarei um touro se eu escapar das garras dele".

Assim agem os que, na dificuldade, procuram uma saída que, depois de encontrada, só pensam em se safar.

O PASSARINHO E O MORCEGO

Quando caía a noite, um passarinho que tinha sido posto numa gaiola começava a cantar. Um morcego ouviu sua voz. Foi perguntar-lhe por que de dia ele descansava e à noite cantava. O passarinho respondeu:

– Tenho minhas razões. Foi cantando de dia que terminei preso; desde então, aprendi a ser sensato.

O morcego lhe disse:

– A prudência agora não adianta de nada: por que não a usaste antes de te prenderem!

O ASNO E A RAPOSA

Um asno estava comendo as folhas de uma amoreira. A raposa o viu e disse-lhe rindo: "Como uma língua tão delicada e macia pode mastigar alimento tão áspero?".

Algumas pessoas se servem da própria língua para destilar veneno.

A HIENA E A RAPOSA

As hienas, dizem, mudam de sexo periodicamente: o macho se torna fêmea e vice-versa. Ora, como uma hiena repreendia uma raposa por rejeitar sua corte, a raposa respondeu: "Não é por mim, mas por tua natureza, pois não posso saber se me tomarás como um amante ou como uma amante".

Cuidado com o homem ambíguo.

O CARVOEIRO E O FABRICANTE DE LÃ

Um carvoeiro soube que um fabricante de lã tinha se estabelecido não longe da casa em que ele morava e estava trabalhando. Foi até lá e o convidou para morarem juntos: dividindo o mesmo teto, ficariam mais próximos e gastariam muito menos. Mas o fabricante de lã respondeu: "Não dá para mim, pois o que eu lavar, tu sujarás de fuligem".

Impossível juntar coisas diferentes demais.

HERMES E TIRÉSIAS

Hermes quis ver mesmo se Tirésias era um autêntico adivinho. Roubou seus bois que estavam no pasto e, disfarçado de homem, pediu para ser recebido por ele, na cidade. Advertido de que seus bois tinham sido roubados, Tirésias foi com Hermes até os arredores da cidade: a observação dos pássaros o ajudaria a esclarecer o assunto. Hermes, a quem ele pediu para descrever as aves que encontrasse, falou-lhe primeiro de uma águia que voava da esquerda para a direita. "Esta não nos interessa", disse Tirésias. Depois Hermes descreveu uma gralha que estava numa árvore e ora levantava os olhos, ora os baixava. Tirésias disse então: "Este pássaro jura, pelo céu e pela terra, que depende de ti eu achar os meus bois".

O LEÃO, O LOBO E A RAPOSA

Um leão envelhecido estava doente em sua caverna. Todos os animais, exceto a raposa, tinham ido fazer uma visita ao seu rei. O lobo aproveitou a ocasião para denegrir a ausente:

– A raposa não tem nenhum respeito por nosso grande chefe, foi por isso que não veio visitá-lo.

Ele ainda estava terminando essas palavras quando apareceu a raposa. Quando a viu, o leão soltou um rugido. Mas a raposa pediu que a deixassem se defender e disse:

– Entre os animais aqui reunidos, quem lhe prestou mais serviço que eu? Fui à casa de todos os médicos das redondezas atrás de um remédio capaz de curá-lo e o encontrei.

O leão quis logo saber qual era esse remédio. A raposa respondeu:

– O senhor tem de tirar a pele de um lobo vivo e vesti-la ainda quente.

O lobo foi logo morto e estendido no chão. A raposa disse rindo: "Não se deve atiçar a ira do chefe, mas sua benevolência".

Quem quer fazer o outro de vítima termina se transformando nela própria.

O ASNO QUE QUERIA SE PASSAR POR LEÃO

Um asno vestira a pele de um leão e todos o tomavam como tal: homens e animais fugiam dele. Mas um vento forte arrancou-lhe a pele e ele ficou nu. Todos voaram sobre ele e deram-lhe uma surra.

Quando quer imitar os ricos, o pobre se expõe à zombaria e ao perigo. A cada um sua própria condição.

O CANIÇO E A OLIVEIRA

Constância, força e impassibilidade: o caniço e a oliveira se gabavam alternadamente. Mas, como a oliveira o repreendia por curvar-se a todos os ventos, o caniço ficou em silêncio e não disse uma palavra. Algum tempo depois, um vento violento se pôs a soprar. Por mais que a tormenta o sacudisse, o dobrasse, o caniço se mantinha firme. Mas a oliveira, de tanto enfrentar a violência dos ventos, terminou se rachando.

Melhor ceder às circunstâncias e aos mais fortes que rivalizar com os poderosos.

O CAMELO, O ELEFANTE E O MACACO

Um dia, os animais decidiram escolher um rei. O camelo e o elefante eram candidatos, e cada um achava que ia vencer, um graças à altura, o outro graças à força. Mas o macaco declarou ambos inaptos para reinar: "O camelo não sabe enfrentar os malfeitores; o elefante tem medo de porco, cujos ataques tememos".

Basta muito pouco para sustar as grandes empresas.

O BEM E OS MALES

O bem, vítima de sua fraqueza, foi expulso pelos males. Terminou indo parar no céu.

– Como – perguntou ele a Zeus – devo me comportar com os homens?

– Dirija-se a cada um deles em separado.

Eis por que os males, por permanecerem perto dos homens, os atormentam sem parar, enquanto o bem custa tanto a vir dos céus.

ESTÁTUA À VENDA

Um homem tinha feito um Hermes de madeira. Foi vendê-lo na feira. Não encontrando comprador, pôs-se, para atrair a freguesia, a bradar as vantagens de sua mercadoria: era, dizia ele, um deus benfeitor e pródigo de favores. Alguém que passava lhe disse:

– Como queres vender alguém cujos favores te seriam tão úteis?

O vendedor respondeu:

– É que estou precisando de um socorro urgente e ele, normalmente, demora a distribuir seus benefícios.

A ÁGUIA E A RAPOSA

Tendo ficado amigas, uma águia e uma raposa decidiram ficar morando uma perto da outra: esse acordo reforçaria, pensavam elas, a amizade. No alto de uma grande árvore, a água fez seu ninho: logo embaixo, numa moita, a raposa deixou seus filhotes. Ora, um dia em que a raposa tinha ido caçar, a águia, desprovida de alimento, foi direto à moita e raptou as raposinhas e se regalou com seus filhotes. Quando a raposa voltou e viu o que tinha acontecido, ficou mais aflita com a dificuldade de se vingar que com a morte dos filhos: suas patas não permitiam fisgar um pássaro. Em sua impotência, reduziu-se a amaldiçoar de longe o inimigo: assim fazem os fracos. No entanto, a águia não tardou a ser punida por seu desrespeito à amizade. Estavam sacrificando uma cabra no prado. Ela foi até o altar, roubou uma víscera fumegante e a levou para o ninho. Um vento violento fez o fogo se propagar a partir de um graveto seco. Seus filhotes, ainda incapazes de voar, caíram no chão queimados. A raposa correu e, diante dos olhos da águia, os devorou.

O amigo traído é fraco demais para te castigar, mas nem por isso escaparás da vingança divina.

A VÍBORA E A HIDRA

Uma víbora ia regularmente beber água numa fonte. Mas uma hidra tinha feito ali sua morada e resolveu proibir-lhe o acesso:

– Aqui é meu domínio, a víbora que se contente com o seu.

O conflito chegou a tal ponto que elas decidiram se enfrentar. Quando chegou o dia da luta, as rãs, que detestavam a hidra, foram ao encontro da víbora para encorajá-la e lhe prometeram combater a seu lado. A luta começou. Enquanto a víbora enfrentava a hidra, as rãs, incapazes de fazer qualquer coisa, coaxavam até mais não poder. Vitoriosa na luta, a víbora lhes repreendeu a conduta: "Vocês tinham prometido lutar comigo, mas, em vez de me ajudar, ficaram cantando!".

"Saiba", responderam elas, "que é com a voz e não com os braços que nós ajudamos nossos aliados."

Quando se precisa de força, as palavras não servem para nada.

ZEUS E O PUDOR

Quando fez o homem, Zeus deu-lhe uma série de apetrechos, mas se esqueceu de lhe dar o pudor. Por isso, sem saber onde colocá-lo, mandou que ele entrasse por trás. O pudor ficou indignado. Como Zeus insistisse, ele disse:

– Tudo bem, eu entro, desde que Eros não entre também, senão sairei logo.

Por isso que todos os devassos são despudorados.

A GAIVOTA E O MILHAFRE

Uma gaivota se engasgara ao engolir um peixe e jazia morta na areia. Ao vê-la, um milhafre declarou:

– Bem mereceste teu destino, tu, que nasceste para os ares, fizeste do mar teu domínio.

Infeliz de quem adota costumes que lhe são alheios.

O VIAJANTE E A VERDADE

Num lugar deserto, um viajante encontrou uma mulher que estava sozinha e triste.

– Quem és tu? – perguntou ele.

E ela:

– A verdade.

– E por que abandonaste a cidade dos homens para viver nesta solidão?

– Foi porque antigamente só poucas pessoas mentiam; hoje a mentira está por toda parte.

O ASNO E AS CIGARRAS

Um asno ouviu as cigarras cantando e começou a ficar com inveja da doçura de seu canto:

– O que é que vocês comem para ficar com voz tão bela?

– Orvalho, responderam elas.

O asno ficou esperando o orvalho e morreu de fome.

Não se ganha nada, a não ser grande infelicidade, quando se deseja o que vai contra a própria natureza.

A SERPENTE E O CARANGUEJO

Uma serpente e um caranguejo viviam juntos. Quanto mais o caranguejo se mostrava bom e cuidadoso, mais a serpente usava da cautela e da falsidade. O caranguejo, por mais que exortasse a serpente a se portar bem e imitar sua maneira de viver, não conseguia fazer o réptil ouvir nada.

No fim, já esgotado, o caranguejo esperou o momento em que a serpente dormia e, saltando em sua garganta, matou-a. Ao vê-la morta, disse:

– Quando te incentivava a ser amiga, não quiseste, agora a morte o fez: ainda poderias estar viva!

O CAÇADOR E A COTOVIA ESPERTA

Um caçador estava estendendo sua rede para pegar passarinhos. Uma cotovia esperta o viu de longe e perguntou-lhe o que estava fazendo.

– Estou fundando uma cidade – respondeu ele.

Depois disso, ele se afastou e se escondeu. Confiando no homem, a cotovia se aproximou e foi pega na armadilha. Ao caçador que vinha a seu encontro, ela disse: "Pois é, meu caro, se é assim que vais fundar tua cidade, podes crer que muita gente vai querer morar lá!".

O LEÃO E O GOLFINHO

Um leão que perambulava por uma praia cruzou com o olhar de um golfinho. Logo convidou-o a se juntar a ele.

– Eu e tu faremos uma dupla perfeita, pois reinaremos, tu sobre os animais marinhos, e eu sobre os terrestres.

O golfinho aprovou com alegria essa ideia. Ora, o leão mantinha de longa data uma guerra contra um touro selvagem. Pediu então a ajuda do golfinho. Mas este, por mais que tentasse sair da água, não conseguia, e o leão acusou-o de traição. O golfinho respondeu:

– Não me acuses, é minha natureza que me faz viver na água e não me permite pisar em terra firme.

Devemos escolher aliados que possam nos socorrer em hora de perigo.

O LOBO E O CÃO

Ao ver um cão enorme preso por uma coleira, o lobo perguntou:

– Quem te prendeu e te tratou tão bem?

– Um caçador – disse o cão. – Mas peça a Deus que te poupe tal destino: o peso dessa coleira me tira qualquer prazer.

É impossível ser feliz no infortúnio.

A POMBA E A GRALHA

Uma pomba que vivia num pombal orgulhava-se de sua enorme prole. Uma gralha ouviu-a e lhe disse:

– Deixa de te vangloriar: quanto mais filhos tiveres, mais lamentarás a escravidão em que viverás.

O MACACO E OS PESCADORES

Do alto da árvore onde tinha subido, um macaco viu alguns pescadores jogando suas redes no rio. Pôs-se a observar atentamente como eles faziam. Os pescadores tiraram então as redes e se afastaram para comer. O macaco desceu e quis imitá-los – os macacos são dados à imitação. Mas, quando pegou as redes, enrolou-se de tal forma que quase se afogava. Fez então a seguinte reflexão: "Como eu poderia pescar sem nunca ter aprendido?".

OS VIAJANTES E O MACHADO

Dois viajantes iam pela mesma estrada. Como um deles encontrou um machado, o outro disse:

– Fizemos um achado.

– Não diga "fizemos", diga "fizeste" um achado – corrigiu o primeiro.

Pouco depois, apareceram os que tinham perdido o machado. O que o carregava, ao se ver perseguido, disse ao amigo:

– Estamos perdidos.

– Não diga "estamos", mas "estou" perdido – replicou o outro –, pois quando encontraste o machado, não me incluíste.

Se nossos amigos não partilham de nosso sucesso, nos abandonarão quando cairmos em desgraça.

A GRALHA E OS PÁSSAROS

Zeus tinha decidido: iria escolher um rei para os pássaros. No dia marcado, todos compareceriam diante dele e o mais belo seria o eleito. Os pássaros foram então ao rio tomar banho. A gralha, ao se ver tão feia, recolheu as plumas caídas dos outros pássaros e cobriu-se com elas colando-as firmemente. Assim, foi ela que ficou com a melhor aparência. Quando chegou o dia marcado, todos os pássaros compareceram diante de Zeus. A gralha também foi, toda coberta de plumas variadas. Quando a mão de Zeus já ia apontá-la como rainha – tal era a sua beleza –, cada um dos pássaros, indignados, arrancou-lhe a pena que lhe pertencia. Ficando sem os adornos, a gralha voltou ao que era.

Ao tomar emprestado o dinheiro dos outros, o devedor se dá ares de rico; ao devolvê-lo, volta ao que era antes.

A FEITICEIRA

Uma feiticeira dizia que era capaz de sortilégios que acalmavam a ira dos deuses. Nunca estava sem trabalho e conseguia assim uma boa renda. Mas, acusada de praticar rituais novos, foi julgada pela justiça e condenada à morte. Ao vê-la sair escoltada do tribunal, um sujeito matreiro lhe disse: "E então? Tu, que te vangloriavas de desviar a ira dos deuses, não foste capaz de persuadir os homens?".

Que a vergonha destrua todas as falsas videntes. Prometem mundos e fundos e tropeçam numa dificuldade bem tola.

O CAÇADOR E A PERDIZ

Era uma vez um caçador que recebeu a visita de um hóspede numa hora bem avançada. Sem ter nada o que oferecer ao visitante, foi até a perdiz que criava e já ia sacrificá-la quando esta lhe disse:

– Seu ingrato! Não sou eu que te sirvo de chamariz para as minhas irmãs e ainda queres me matar?

Ele respondeu:

– Eis uma razão a mais para te imolar, pois não poupas nem teus semelhantes.

Quando traímos os nossos, despertamos o ódio dos que foram traídos e daqueles para os quais traímos.

A GALINHA E A ANDORINHA

Uma galinha que havia encontrado ovos de serpente, chocou-os cuidadosamente até o dia final. Uma andorinha que a vira fazer aquilo disse-lhe:

– Tu és doida! Para que criar seres que quando crescerem farão de ti a primeira vítima?

Não se pode esperar nenhuma bondade das pessoas perversas.

O CAMELO QUE DANÇAVA

O camelo dizia a seu dono que o obrigava a dançar: "Se já sou todo desajeitado quando ando, imagine quando danço...".

Isto se aplica a tudo o que foge ao seu natural.

OS GALOS E A PERDIZ

Um criador de galos viu na feira uma perdiz à venda. Comprou-a e levou-a para casa para criar junto com os galos. Mas estes a rejeitaram dando-lhe bicadas, e a perdiz, despeitada, pensava que o desprezo deles era porque ela tinha outra origem. Pouco depois, vendo dois galos se engalfinharem até tirar sangue, ela se disse:

– Pois bem, não tenho mais com que me preocupar ao ser ferida por esses dois que não poupam nem a si mesmos.

O homem sensato suporta mais facilmente os agravos do outro quando vê que este não poupa nem os seus próximos.

A RAPOSA E O CÃO

Uma raposa se misturou a um rebanho de ovelhas. Pegou um carneirinho que ainda mamava e fingiu que o acalentava. Um cão lhe perguntou:

– Que estás fazendo?

– Estou fazendo um carinhozinho nele, disse a raposa.

– Se não largares já já – disse o cão –, sou eu que vou te acalentar.

A VÍBORA E A LIMA

Uma víbora entrou no ateliê de um ferreiro e pediu um favor às ferramentas. Ela o conseguiu. Restou a lima, que respondeu assim ao seu pedido:

– Tu és bem ingênua ao pensar que vais conseguir algo de mim; tenho por hábito não dar, mas tomar.

Tolo quem pensa que vai conseguir tirar alguma coisa do avarento.

O VIAJANTE E HERMES

Um homem que estava fazendo uma longa viagem fez uma promessa: se encontrasse alguma coisa, ofereceria a metade a Hermes. Foi quando caiu sobre um saco cheio de amêndoas e de tâmaras e, acreditando que se tratava de dinheiro, pegou-o. Quando o sacudiu, viu o que continha e comeu tudo. Depois, pegou as cascas e os caroços e depositou-os no altar declarando:

– Aceita, Hermes, minha oferenda. Reservei para ti uma parte do meu achado: metade da parte de fora, metade da parte de dentro.

Há avaros cuja cupidez consegue enganar até os deuses.

O PINHEIRO E A SARÇA

Um pinheiro e uma sarça estavam brigando. O pinheiro se vangloriava:

– Sou belo, imponente e altivo, sirvo para fazer o teto dos templos e os barcos: como queres te comparar a mim?

Ao que a sarça respondeu:

– Se te lembrares dos machados e das serras que te cortam, preferirás meu destino ao teu.

Vida simples, vida segura.

O ASNO, O CORVO E O LOBO

Um asno que sofria de uma ferida nas costas pastava num campo. Um corvo pousou sobre ele e começou a bicar-lhe a ferida. O asno, presa da dor, pôs-se a pular e a urrar. Isso provocou risadas em seu dono. Um lobo que passava por perto praguejou: "Nós, pobres-diabos, mal nos veem, e já começa a perseguição; já seres como esse corvo provocam risinhos quando se aproximam".

A VESPA E A SERPENTE

Uma vespa havia pousado na cabeça de uma serpente e a atormentava com suas picadas incessantes. A serpente, que se torcia de dor sem poder se defender, pôs a cabeça sob a roda de uma carroça levando consigo a vespa.

Que eu morra, desde que meu inimigo morra também.

O TOURO E AS CABRAS SELVAGENS

Perseguido por um leão, um touro se refugiou numa gruta onde estavam algumas cabras selvagens. Elas se puseram a dar-lhe chifradas.

– Se eu suporto seus golpes – disse-lhes o touro –, é porque tenho medo, não de vocês, mas daquele que está na entrada da gruta.

O medo de um grande mal nos ajuda a suportar um mal menor.

A OVELHA TOSQUIADA

Uma ovelha disse ao inábil barbeiro que a tosava:

– Se é minha lã que tu queres, corta menos fundo; se é minha carne, mata-me de uma vez por todas em vez de me torturar com pequenos golpes de tesoura.

Cuidado com os maus artesãos.

O RATO DO CAMPO E O RATO DA CIDADE

Um rato do campo convidou um rato da cidade para jantar. Serviu-lhe produtos do campo: figo, uva e castanhas. Ao ver a pobreza de seu anfitrião, o rato da cidade convidou-o para ir viver com ele. Tendo-o levado para o celeiro de um homem rico, ofereceu-lhe todo tipo de carne, de peixe e até mesmo doces. Nisso, apareceu o fiscal. Os ratos, desnorteados, fugiram na hora. O rato do campo disse então ao rato da cidade:

– É assim, com todo esse medo, que consegues teu alimento; eu tenho o prazer de conseguir o meu livremente e tranquilo.

A MULHER E SEU MARIDO

Uma mulher se casara com um beberrão. Ela pensou então numa forma de acabar com o vício dele. Esperou que, entorpecido pela bebida, ele caísse igual a um morto. Carregando-o nos ombros, levou-o até o cemitério, deixou-o no chão e se foi. Quando achou que ele já tinha voltado ao normal, ela voltou e bateu à porta do cemitério. Quando ele perguntou "quem é?", ela respondeu:

– É a mulher que traz comida para os mortos.

O marido disse então:

– Por favor, não me dê comida, prefiro bebida. A senhora me faz sofrer se falar de comida e não de bebida.

Ouvindo isso, a mulher exclamou batendo no peito:

– Pobre de mim! Meu estratagema não serviu para nada. Em vez de te corrigir, chegaste ao ponto em que o vício se transforma numa segunda natureza.

Cuida de cortar o vício antes que ele te transforme em escravo.

HERMES E OS ARTESÃOS

Zeus havia obrigado Hermes a dar a todos os artesãos o veneno da mentira. Hermes preparou a mistura e espalhou-a igualmente por toda parte. Quando foi a vez de dá-la ao sapateiro, ainda restava uma boa quantidade no fundo do pote. É por isso que, de todos os artesãos, o sapateiro é o mais mentiroso.

O CÃO E A LEBRE

Um cão tinha pego uma lebre e ora a mordia, ora lhe lambia os beiços. A lebre lhe deu então um ultimato:

– Vamos. Decide-te. Ou o carinho ou a morte. Quero saber com quem estou lidando, se amigo ou inimigo.

Isto se aplica a quem tem comportamento ambíguo.

O LEÃO, PROMETEU E O ELEFANTE

Frequentemente, o leão se queixava a Prometeu:

– Me fizeste grande e belo; me deste dentes afiados e garras; fizeste de mim o mais forte de todos os animais. E, apesar disso, tenho medo do galo.

Prometeu respondia:

– O que significam essas tolas reclamações? Tens tudo o que eu, com meu poder, podia te dar. Salvo o galo, nada abala a tua coragem.

Mas o leão chorava o seu destino e se acusava de fraco. Terminou desejando morrer. Estava assim perdido em seus pensamentos quando encontrou o elefante. Saudou-o e, tendo parado para falar com ele, observou o movimento que lhe agitava as orelhas sem parar.

– O que tens? – perguntou. – Tuas orelhas não podem ficar um instante paradas?

E, como um mosquito não parava de voar à sua volta, o elefante respondeu:

– Estás vendo esse ser minúsculo que zumbe? Se entrar em minha orelha, estou morto.

O leão disse então:

– Por que morrer, se, para minha felicidade, minha força está para o elefante assim como o galo está para o mosquito!

O mosquito é bastante forte para abalar o elefante.

O CAÇADOR E A CEGONHA

Um caçador tinha estendido a rede para pegar umas gruas e se escondeu enquanto esperava as presas.

Ora, quando viu que entre as gruas havia uma cegonha, ele correu e a capturou também. Como a cegonha pediu para ser solta, alegando que, além de não prejudicar ninguém, ainda era útil comendo as serpentes e outros répteis, o caçador respondeu: "Mesmo que eu não tenha nada contra ti, não deixas de merecer um castigo por teres te misturado aos maus".

Não é bom nos juntarmos aos maus para não dar a impressão de que participamos de suas maldades.

O LEÃO COM RAIVA E O CERVO

Um leão pegou a doença da raiva. Um cervo que o vira ao sair da floresta exclamou: "Pobres de nós! Se lúcido ele já era insuportável, o que não fará tomado de furor?".

Fujamos dos poderosos exaltados e que com-pactuam com a injustiça.

O FERREIRO E O CÃOZINHO

Era um vez um ferreiro que tinha um cão. Enquanto o dono estava na forja, o cão dormia; quando ia comer, o cão ficava a seu lado. Um dia, ao jogar-lhe um osso, o ferreiro disse:

– Seu maldito dorminhoco! Enquanto estou malhando o ferro, estás dormindo; mas quando meus dentes estão mastigando, logo acordas.

Assim fazem os malandros que vivem do trabalho alheio.

O INVERNO E A PRIMAVERA

O inverno estava ralhando com a primavera e a enchia de reprovações:

– Mal tu apareces, ninguém fica parado; este vai pelos campos e florestas para colher as flores que ama, lírios ou rosas, para admirá-las ou pô-las no cabelo; aquele outro pega um barco, atravessa o mar e, se for possível, vai visitar outros países. Ninguém se preocupa mais com o vento ou a chuva. Eu, ao contrário, pareço um chefe a quem se obedece sem reclamar: a uma ordem minha, os olhares voltam-se do céu para a terra; inspiro medo e horror, e as pessoas se dão por felizes por terem de ficar em casa dias e dias quando assim decido.

A primavera disse:

– Por Zeus! É por isso que os homens gostariam de se livrar de ti, enquanto só o meu nome lhes parece bonito, quando não o mais belo de todos, de modo que se lembram de mim quando desapareço e ficam felizes quando retorno.

O LOBO E O LEÃO

Um dia, um lobo roubou um cordeiro. Estava levando-o para o covil, quando veio um leão e roubou sua presa. O lobo tomou certa distância e gritou:

– Bandido, roubaste o que era meu!

O leão pôs-se a rir:

– E por acaso tinha sido presente de algum amigo teu?

Assim se acusam mutuamente bandidos e ladrões insaciáveis quando surpreendidos pelas adversidades.

O MÉDICO E O DOENTE

Um médico cujo paciente morrera disse aos que o carregavam para o cemitério:

– Ali vai um que, se tivesse largado a bebida e tomado lavagens, não teria morrido.

Alguém replicou:

– Excelência, de que serve falar isso se não não tem mais jeito? O senhor devia ter dito isso quando ele podia ainda ouvir seus conselhos.

Ajudemos nossos amigos quando eles precisam, em vez de ironizá-los quando não há mais jeito.

O MILHAFRE E A SERPENTE

Um milhafre raptou uma serpente e voou bem alto. Mas a serpente ficou se contorcendo e terminou picando seu raptor. O pássaro caiu morto no chão. A serpente disse então:

– Que mosca te mordeu para fazer mal a quem não te prejudicava em nada?

Quem pretende se apoderar dos mais fracos, quando encontra um mais forte, paga por todos os males que causou.

DOIS ESCARAVELHOS

Numa pequena ilha, pastava um touro cujo esterco alimentava dois escaravelhos. Quando chegou o inverno, um disse ao outro:

– Estou pensando em voar até terra firme; assim, terás aqui com que te alimentar convenientemente.

Quando a mim, passarei o inverno nesse outro lugar e, se encontrar alimento em quantidade, venho te buscar.

Uma vez no continente, encontrou uma boa quantidade de esterco fresquinho. Comeu e ficou por ali mesmo. Na primavera, voltou à ilha. Ao vê-lo gordo e com boa cara, seu companheiro repreendeu-o por não lhe ter trazido nada:

– Tu me tinhas prometido.

– Não é culpa minha – respondeu o outro –, mas da natureza: lá tem o que se comer, mas nunca em grande quantidade.

Assim acontece com algumas pessoas. Sua amizade vai até oferecer uma refeição, mas não passam disso.

UMA NOGUEIRA

Uma nogueira, que crescia à beira de uma estrada e que era alvo das pedradas dos transeuntes, queixava-se para si mesma:

– Pobre de mim, que todo ano sou vítima de ultrajes e sofrimentos!

Assim são os que, por causa de seus próprios bens, estão expostos a todo tipo de desgosto.

O CASTOR

O castor é um animal de quatro patas que vive nos pântanos. Dizem que seus órgãos sexuais servem para fazer remédio. Quando os caçadores o descobrem, capturam-no para lhos extirpar. Sabendo disso, ele foge a toda velocidade para se conservar inteiro.

Quando acontece de ser capturado, ele mesmo decepa seus órgãos, abandona-os e salva assim sua vida.

Olha com certo desdém quem põe o olho em tua riqueza a fim de salvar tua vida.

O ASNO E O CÃOZINHO

Um homem que tinha um cão de Malta e um asno passava o tempo brincando com o primeiro. Quando ia jantar fora, trazia um pedaço de carne e o dava ao animal, que vinha balançando o rabo. Um dia, tocado pela inveja, o asno foi ao encontro do dono e, querendo pular igual ao cão, terminou dando-lhe um coice. Furioso, o dono deu-lhe uma surra e ordenou que o amarrassem a um poste.

A cada qual sua maneira de ser.

O RIO E O COURO DE BOI

Um rio, cuja correnteza arrastava um couro de boi, perguntou-lhe como se chamava.

– Eu me chamo dureza – respondeu o couro.

O rio, então, arremessando-se contra ele com toda a sua fúria, disse:

– Procura um outro nome, porque daqui a pouco estarás bem molinho.

O infortúnio existe para dobrar os que não se vergam.

DIÓGENES E O HOMEM DO RIO

Durante uma viagem, Diógenes, o cínico, parou diante da correnteza de um rio. E ficou ali na margem, sem saber o que fazer, quando um homem que tinha o hábito de atravessar as pessoas, vendo-o indeciso, aproximou-se e, com sua bondade, colocou-o nos ombros para levá-lo à outra margem. Diógenes ficou constrangido por ser muito pobre e não ter como pagar-lhe. Estava assim absorto em seus pensamentos quando o homem, vendo um outro viajante com as mesmas dificuldades para atravessar o rio, correu até ele e ajudou-o a passar. Diógenes se aproximou dele e disse-lhe:

– Pelo que vejo, não posso lhe ser agradecido, pois o que fazes é antes fruto de uma mania que de um discernimento.

Quando prestas serviço tanto às pessoas honestas quanto aos néscios, terminas sendo visto não como um homem de boa vontade mas como um imbecil.

OS CARVALHOS E ZEUS

Os carvalhos acusavam Zeus:

– De que adiantou nos dar a vida? Estamos muito mais expostos a morrer sob o machado que as outras árvores.

Zeus disse então:

– Vocês mesmos são os responsáveis por sua desgraça: se não produzissem os cabos do machado e não fossem úteis aos carpinteiros nem aos camponeses, não seriam abatidos.

Insensato! Não acuses os deuses pelos males por que és responsável.

O MEDROSO E OS CORVOS

Um rapaz medroso foi para a guerra. Ao ouvir o crocitar dos corvos, ele colocou as armas no chão e ficou completamente imóvel. Depois as retomou e foi embora. Os corvos crocitaram de novo, ele parou e disse:

– Não adianta vocês ficarem me agourando. Não lhes darei o prazer de saborear a minha carne.

Assim é o medroso.

A GRALHA E AS POMBAS

Uma gralha viu num pombal umas pombas bem gordinhas. Pintou então as plumas de branco e se foi para o meio delas. Enquanto ficou calada, as pombas, tomando-a como uma irmã, ficaram admirando-a. Mas, ao primeiro grito que ela deu sem querer, não reconheceram sua voz e a expulsaram. Ao ver que não ia poder comer o alimento das pombas, a gralha voltou para os seus. Quando chegou lá, não conseguiu ser reconhecida por causa da cor e foi expulsa. Assim, não realizou nem um de seus dois desejos.

Contentemo-nos com nossos próprios bens. A cobiça não leva a nada, a não ser a perder muitas vezes o que já possuímos.

O PASTOR E AS CABRAS SELVAGENS

Um pastor viu que entre suas cabras estavam algumas cabras selvagens. Em vez de expulsar as intrusas, levou-as para o estábulo junto com as outras. No outro dia, como houve uma tempestade, ele não pôde levá-las ao pasto habitual e as manteve trancadas. Ora, às suas próprias cabras ele deu apenas a ração de sempre, o necessário para não matá-las de fome. Em contrapartida, tratou bem as estranhas, pensando assim ganhar a simpatia delas. Quando a tempestade amainou, ele as levou para o campo. Quando chegaram lá, as cabras selvagens ganharam a montanha e fugiram. O pastor disse-lhes então:

– Ingratas, abandonar assim quem as tratou com tanto carinho!

Voltando-se para ele, elas disseram:

– Foi justamente isso que nos deixou cabreiras. Se a nós, que conheceste naquele dia, nos trataste melhor que aquelas que há muito tempo estão contigo, é sinal de que preferirás as que virão depois de nós.

Se, numa amizade recente, te derem mais atenção que aos amigos de velha data, cuidado. Chegará o dia em que também serás velho amigo e te colocarão de lado.

A ESCRAVA E AFRODITE

Uma escrava feia e má era amada por seu senhor. Ela gastava todo o dinheiro que ele lhe dava em adornos. Queria que eles fossem mais belos que os da patroa. Por isso, oferecia sacrifício atrás de sacrifício a Afrodite, a quem atribuía a graça de estar ficando cada dia mais bela. Mas a deusa lhe apareceu em sonho e disse:

– Não te enganes. Nem penses que estou te fazendo bela, estou sim é irada com o teu patrão.

Que as fumaças do orgulho não te ceguem, tu que, sem berço e sem beleza, deves tua riqueza a procedimentos vergonhosos.

A RAPOSA E O MACACO ELEITO REI

Reunidos em assembleia, os animais escolheram para rei um macaco cuja dança lhes havia agradado. A raposa ficou com inveja. Ao ver um pedaço de carne numa armadilha, ela levou o macaco até lá e lhe disse:

– Encontrei um tesouro, mas não o mereço. Guardei para ti, como presente de investidura. Pega-o.

Sem pensar duas vezes, o macaco aproximou-se e caiu na armadilha. Como repreendesse a raposa por tê-lo enganado, ela lhe disse:

– Um imbecil como tu queria reinar sobre os animais?

Quem se lança numa empresa irrefletidamente, além de poder fracassar, ainda corre o risco de cair no ridículo.

ÍNDICE

COLEÇÃO 96 PÁGINAS

Uma anedota infame – Fiódor Dostoiévski

A bíblia do caos – Millôr Fernandes

O caso da criada perfeita e outras histórias – Agatha Christie

O clube das terças-feiras e outras histórias – Agatha Christie

O curioso caso de Benjamin Button – F. Scott Fitzgerald

200 fábulas de Esopo

O método de interpretação dos sonhos – Sigmund Freud

A mulher mais linda da cidade e outras histórias – Charles Bukowski

Morte por afogamento e outras histórias – Agatha Christie

Por que sou tão sábio – Nietzsche

Sobre a leitura seguido do depoimento de Céleste Albaret – Marcel Proust

Sobre a mentira – Platão

Sonetos de amor e desamor – Ivan Pinheiro Machado (org.)

O último dia de um condenado – Victor Hugo